AF289795

ERREN
KÖNIG DER RÄUBER

Sophie Syksch

ERREN

KÖNIG DER RÄUBER

Eine Pferdefabel von Sophie Syksch

Das Reich Van Alvarr

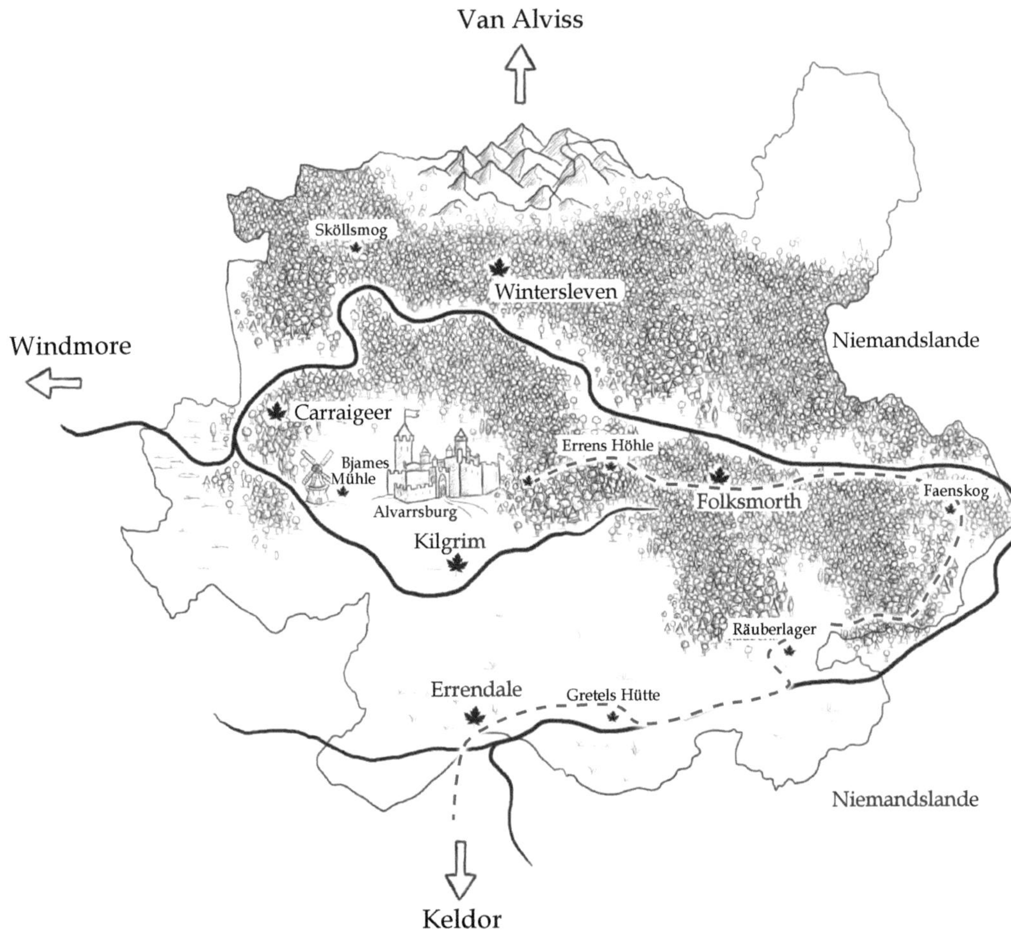

Die Skjellshymmne

on endlosen Wäldern,
von tosenden Stürmen,
von weiten Feldern,
bis zu höchsten Türmen,

Von donnernden Hufen,
von stolzen Pferden,
von wiehernden Rufen,
bis zu treuen Gefährten,

von Ost bist West, von Süd nach Nord,
bevölkern Pferde jenen Ort,
mein Paradies aus Gottes Hand.

Froh und frei könn' wir hier leben,
wo vier Herrscher nach Ehre streben.
Leb' hoch, oh Skjell, mein Vaterland!

Kapitel 1

»Die Legenden der südlichen Dörfer des Van Alvarr Reiches erzählen von einem Räuber, der kaltblütiger war, als die Bestien, die des Nachts in den Wäldern umher schlichen. Ein Räuber, der ganz allein eine königliche Patrouille stürzen und all seine Mitglieder ermorden konnte. Er war gerissen. Er war schnell. Und er hinterließ keine Spuren. Er war wie ein Geist, den nur die tapfersten aller Ritter zu fangen versuchten. Doch sie kehrten immer mit leeren Hufen zurück.

Eirik, der König des Reiches Van Alvarr, fürchtete diesen Räuber mehr als die bevorstehende Revolte seines eigenen Volkes, das sich seiner grausamen Herrschaft zu erwehren versuchte. Doch seine Hufe waren ihm gebunden, da es keine Möglichkeit gab, Erren, den Räuberkönig aufzuhalten...«

Farah sah von ihrem Geschichtsbuch zu ihrem Hauslehrer, dem schneeweißen Hengst, Grindor auf. Das Rattern der von zehn fuchsfarbenen Pferden - Dienern ihres Königshauses - gezogenen Kutsche dröhnte in ihren Ohren. Sie legte ein höfliches Lächeln auf und richtete die Ohren interessiert nach vorn.

Grindor starrte die junge Stute jedoch nur mit einem äußerst tadelnden Blick an.

Mylady, Geschichten dieser Art sind in Gegenwart des Königs von Van Alvarr nicht zu erwähnen! Ihr wollt die Gesellschaft doch nicht mit Euren Märchen gegen Euch aufbringen!«

Seufzend faltete die junge Fuchsstute ihr Geschichtsbuch zusammen, steckte es in ihre Reisetasche und sah aus dem Fenster der Kutsche. Grindor war manchmal wirklich ein wahrhaftiger Miesepeter. Er hatte ihr die Geschichten doch selbst erzählt. Und ein Funke Wahrheit steckte doch in jeder Legende.

Sie legte ihren Kopf lustlos auf der Fensterbank ab und musterte die vorbeiziehenden Bäume. Einer sah aus wie der andere. Deprimiert schloss sie die Augen. Sie wusste genau, dass sie nur auf dem Weg zu den Van Alvarrs waren, weil Eirik in Erwägung zog, eine Allianz mit ihrem Haus, dem Hause Keldor, einzugehen.

Mit angelegten Ohren blähte sie die Nüstern. Das würde nur auf eines hinaus laufen. Sie würde Prinz Aino Van Alvarr heiraten müssen. Ihr einziger Trost war dabei, dass dieser sie wahrscheinlich ebenso wenig zur Gemahlin haben wollte, wie sie ihn.

Das wusste ihr Vater natürlich ganz genau. Vielleicht war er deshalb schon einige Tage vor ihr zu den Van Alvarrs gereist. So musste er sich nicht mit ihren Klagen auseinandersetzen.

Doch ihr Unmut ließ Farah trotzdem schlucken. Sie wollte nicht im Hause der Van Alvarrs leben müssen. Sie war nicht die Älteste ihrer Schwestern, hatte also nicht die Pflichten einer Prinzessin, dennoch musste sie sich dem Willen ihres Vaters beugen, wenn es ihrem Volk zugutekam.

Aber Farah konnte sich nichts vormachen. Tief in ihr schlummerte der Wunsch, dass sie frei sein konnte, dass sie jemanden heiraten konnte, mit dem sie zusammen sein wollte. Und je weiter sie sich dem Reich der Van Alarrs näherten, desto stärker wurde ihr Wunsch, dass sie niemals dort ankommen würden.

∘ ∘ ∘

Die Axt schlug tiefe Rillen in das feste Holz der jungen Fichte. Erren hielt das Werkzeug geschickt zwischen den Zähnen und schlug zu. Das Holz zerbarst und die Splitter rissen ihm kleine Wunden in den vernarbten Pelz. Er hatte die Axt seit Stunden in diesen einen Baum gehauen, ohne dass das Gehölz nachgegeben hatte, doch das störte ihn nicht. Er brauchte die Übung, wenn er weiterhin der gefürchtetste Räuber im Land bleiben wollte.

Zielen und schlagen, dachte er, fixierte die Stelle des Baumes, die auf der Höhe der Halsschlagader eines Pferdes lag und schlug mit einem Schrei, der eines Kriegers würdig war, so fest zu, wie er nur konnte.

Die Axt hatte sich nun bis tief ins Mark des Baumes gegraben und nur durch diesen einen, gezielten Hieb begann der Baum endlich zu knicken.

Zufrieden zog Erren die Axt mit einem Ruck aus dem Stamm heraus und löste das abgeknickte Ende des Baumes vollends ab. Die dichten Nadeln würde er zum Abdichten seines seit Tagen leckenden Höhlendaches verwenden.

Als er nach getaner Arbeit die Axt niederlegte, lauschte er mit gespitzten Ohren und zusammengekniffenen Augen in den Wald. Die Vögel sangen wieder. Alles war ruhig. Gut.

Errens Schultern waren schweißnass und dampften im Licht der untergehenden Sonne. Tiefe Narben zogen sich überall durch sein schmutzverklebtes, einst goldenes Fell.

Mit einem erschöpften Keuchen schüttelte der Hengst sich eine dunkle Strähne von der Stirn, bevor er sich den Baum auf den Rücken lud und zusammen mit seiner Axt nach Hause zurückkehrte.

Der Mond war nur eine schmale Sichel, die tief am Himmel stand, als Erren sein Ziel erreichte. Er trennte die Äste des Baumes ab, legte sie über die undichte Stelle an der Klippe, unter der seine Höhle lag und tarnte diese zusätzlich mit Laub. Danach schlüpfte er in sein Versteck und setzte Wasser auf.

Nach Sonnenuntergang hatten Dienstboten Feierabend. Somit konnte auch er sich eine Pause gönnen. Erschöpft und zufrieden warf er sich einige Kräuter in seinen rostigen Kessel und begann zu essen.

Im weiteren Verlauf der Nacht, begann es zu regnen. Das frisch abgedichtete Dach erfüllte seinen Zweck und hielt die Höhle warm und trocken. Erren döste stehend in seiner Schlafecke, als plötzlich etwas seine Aufmerksamkeit erregte.

Hellwach presste er sein Ohr an die steinerne Wand seiner Höhle. Der Hufschlag eines aufgeregt galoppierenden Pferdes war zu hören. Es kam näher, aber es war allein.

Erren griff neben sich nach einem Schwert, das er einem Ritter abgeluchst hatte, der unglücklicherweise zur falschen Zeit am falschen Ort gewesen war.

Mit angespannten Muskeln spähte er aus seiner Höhle, doch weit und breit war kein Pferd zu sehen. Und trotzdem konnte er es mittlerweile hören, ohne sich die schnelle Schallübertragung des Gesteins zunutze zu machen.

Der Eindringling musste über ihm sein!

Der Hufschlag kam näher und näher und plötzlich knackte

das Dach von Errens Höhle und ein Pferd brach durch die Decke herein. Es fiel, vor Schreck wiehernd, einige Pferdelängen in die Tiefe. Doch noch bevor es sich aufrappeln konnte, stand Erren mit gezücktem Schwert auch schon über ihm.

»Nicht schreien«, schnaubte er kühl, »Sonst töte ich dich sofort.«

Das fremde Pferd hatte die Augen weit aufgerissen und schnaufte völlig erschöpft. Es trug die feuerrote Schärpe eines Depeschenboten des Alvarr Reiches um die Schultern. Eirik hatte also dazugelernt, und schickte seine Boten nun nachts davon.

»Wie lautet deine Nachricht?«

Erren legte dem fremden Pferd die Klinge an die Kehle, woraufhin dieses verängstigt auf wieherte. Es schwieg jedoch sofort, als Erren die Klinge noch fester an seinen Hals drückte.

»Es ist eine Nachricht des Königs, ich darf niemandem davon erzählen!«, wieherte das Pferd, noch immer keuchend.

»In Ordnung«, schnaubte Erren und ließ die Klinge locker. Sofort entspannte sich der Bote und ließ erschöpft lächelnd den Kopf zu Boden sinken, doch er hatte sich zu früh gefreut. Mit einem Ruck rammte Erren ihm plötzlich die lange Klinge in den Bauch und drehte sie langsam, ohne sich durch das Geschrei des Boten auch nur im Geringsten erweichen zu lassen.

»Wir können das hier noch ewig in die Länge ziehen. Ich habe alle Zeit der Welt. Oder, wenn du klug bist, entscheidest du dich gleich für den einfacheren Weg.«

Das fremde Pferd atmete hastig und nickte. Erren presste leicht seinen Huf auf die Stelle, an der das Schwert steckte, um den Schmerz des Leidenden zu lindern.

»Ich habe eine Eilbotschaft an die königliche Konditorei in

Folksmorth«, keuchteder Bote schmerzerfüllt. Ungeduldig legte Erren die Ohren an.

»An wen die Botschaft gehen soll interessiert mich nicht!«

»Der König fordert ein dutzend Torten für eine Festlichkeit, die in drei Tagen stattfinden soll. Die Königstochter Farah von Keldor ist mit Aino van Alvarr verlobt worden und für die Hochzeit sind einige Vorbereitungen nötig.«

»Danke, das reicht mir!«, schnaubte Erren, zog das Schwert aus dem Bauch des Pferdes und presste weiterhin seinen Huf auf die Wunde.

»Steh auf!«, forderte er dann, nach einer Weile, als sich das Pferd einigermaßen beruhigt hatte. Der Bote starrte ihn jedoch noch immer mit weit aufgerissenen Augen an.

»Ich werde mich nicht wiederholen!«, brummte Erren bedrohlich.

Unter größten Schmerzen wand sich das Pferd zitternd auf die Beine. Er verlor nur wenig Blut, denn Erren hatte das Schwert bewusst an den großen Blutgefäßen vorbeigeführt. Er wollte nicht, dass Blut in seiner Höhle vergossen wurde. Der Gestank, den es nach wenigen Tagen verursachte, lockte nur Raubtiere an. Und mit Wölfen und Bären war nicht zu spaßen.

»Vorwärts!«, knurrte der goldene Hengst und trieb den Boten hinaus ins fahle Mondlicht. »Und wenn du nur einen Laut von dir gibst, ramme ich dir das Schwert so tief zwischen die Beine, dass du am Sonntag das Halleluja zwei Oktaven höher singst!«

Das hatte gesessen. Brav wie ein Lamm trottete der Bote vorwärts und stolperte einige Male, als seine Hufe im vom Regen aufgeweichten Boden einsanken.

Nach einer Weile fanden sie sich an einer seichten Klippe

wieder, unter deren Felsvorsprung sich ein reißender Fluss gen Tal bewegte.

»Hier geht es zurück zum Schloss«, schnaubte der Bote mit einem verwunderten Funken Hoffnung in seinem Blick. Dachte er, dass Erren ihn davon kommen ließ, jetzt, nachdem er sein Versteck entdeckt hatte?

»Gut erkannt!«, schnaubte Erren, hob sein Schwert und haute es in den Hals des unschuldigen Boten. Man hörte ein Knacken, als die messerscharfe Klinge seine Halswirbelsäule zertrennte, dann stand der Bote noch einen Moment mit leerem Blick da, bevor Erren ihm einen Schubs versetzte und ihn damit in die reißenden Fluten des Flusses stieß. Der Bote jedoch war tot, noch bevor er auf der Oberfläche des Wassers aufschlug.

»Hier geht es zurück zum Schloss, ganz richtig«, murmelte Erren leise. »Der Fluss wird dich genau dorthin tragen, wo Eirik dich finden wird. Er wird schon sehen, dass er es sich das nächste Mal besser zweimal überlegt, bevor er versucht, Erren, den König der Räuber, zu überlisten.«

Kapitel 2

»Mylady, ich weiß, dass Euch der Gedanke belastet, einen Fremden zu heiraten«, schnaubte Grindor, der alte, schneeweiße Hengst sorgenvoll, als er die Träne in Farahs Gesicht bemerkte. »Aber wenn es der Wille Eures Vaters ist-«

»Meinen Vater kümmert es nicht, was ich will! Alles, was ihn interessiert ist sein Geld und wie er es am besten vermehren kann! Ich will niemals so werden wie er! Meine Töchter sollen heiraten, wen sie wollen!«

Grindor strich Farah sanft eine fuchsfarbene Strähne von der Stirn und lächelte sie wissend an.

»Auch Euer Vater wurde gegen seinen Willen mit Eurer Mutter verheiratet. Ich weiß es, als wäre es gestern gewesen. Zu damaliger Zeit hatte ich noch die Aufgabe, Eurer Mutter das Wissen der Welt näher zu bringen. Und seht Euch an, wie glücklich sie nun ist! Sie hat drei wundervolle Töchter, eine schöner als die andere, die zu wundervollen Königinnen heranwachsen werden.«

Grindor gab sich große Mühe, Farah ein Lächeln zu entlokken, doch sie fühlte sich hundeelend, warf sich auf das Bett ihres Gemaches und weinte ihren Schmerz in ihr Kissen hinein.

»Mylady, wenn ich nur irgendetwas tun kann, um Euch
selig zu stimmen, dann sagt es mir! Ich kann Euch doch nicht
weinen sehen!«

Farah drehte ihren Kopf und schniefte mit roten Augen.

»Ihr wisst doch, was mich auf andere Gedanken bringt!«,
schnaubte sie trotzig und wischte sich eine weitere Träne aus
ihrem Gesicht.

»Aber Mylady!«, brummte Grindor entrüstet, »Ich kann
Euch doch nicht bis ins hohe Alter mit Räubergeschichten bei
Laune halten!«

Farah legte die Ohren an und warf sich voller Trotz zurück
auf ihr Bett, woraufhin ihr Lehrer sich missmutig an ihre Bett-
kante gesellte und ein neues Geschichtsbuch aus seiner Tasche
holte, das die junge Stute noch nie zuvor gesehen hatte.

Es war ganz in lindgrünes Leder eingebunden - das war
die Farbe ihres Königshauses - und es hatte zierliche, goldene
Beschläge auf dem Umschlag. Farahs Trauer war mit einem
Mal wie weggeblasen.

»Es sollte eigentlich ein Geschenk zu Eurer Hochzeit sein, aber
ich kann es Euch in solch einem Moment nicht unterschlagen«
»Was ist das?«, hauchte Farah mit neugierig gespitzten Ohren.
Ihre Nase schien immer länger zu werden, als sie das Buch
anstarrte.

»Bisher habe ich Euch nur den Teil von Errens Geschichte
erzählt, der mit unserem Königreich verwebt war, doch in
diesem Buch sind alle Begegnungen und Funde von Errens
›Hinterlassenschaften‹ niedergeschrieben. Einige der Dinge in
diesem Buch sind eigentlich nicht für so junge Stuten wie Euch
bestimmt, aber ich traue Euch zu, dass Ihr sie verkraften könnt.

Schließlich war es schon immer Euer Wunsch, wie eine echte Räubertochter zu sein.«

Vor Glück vergaß Farah, ihre Haltung zu bewahren. Mit einem überglücklichen Freudenschrei fiel sie ihrem Lehrer um den Hals.

»Ich danke dir, Grindor! Ich danke dir so sehr.«

»Alles für meine kleine Räuberin. Aber jetzt geh fein schlafen! Es erwarten dich große Veränderungen, mein Kind.«

Farah schenkte ihrem alten Lehrer einen liebevollen Kuss auf die Wange, bevor sie sich eine Decke überwarf und sich in das herrliche, federweiche Bett in ihrem Gemach legte. Doch plötzlich schwoll in den königlichen Hallen ein beängstigendes Geschrei an.

Es wurde lauter und mit einem lauten Knall wurde die Tür zu ihrem Gemach aufgerissen. Zwei von Eiriks Wachen stürmten in den Raum. Sie trugen Kampfrüstungen und waren bis auf die Zähne bewaffnet.

»Was zum Henker ist hier los?!«, schnaubte Grindor aufgeregt, als die Wachen sich hektisch im Zimmer umsahen. Als einer der Wächter Farah erblickte, atmete er erleichtert auf.

»Mylady, entschuldigt uns bitte vielmals für die Störung! Ihr solltet Euer Schlafgemach heute Nacht besser nicht verlassen. Anordnung des Königs!«

Farah wusste nicht so recht, wie ihr geschah. Die Wachen sahen verängstigt aus. Aber was konnte ein ganzes Königshaus in solch einen Aufruhr versetzen?

»Erlauben Sie mir die Frage, was geschehen ist?«, erhob Grindor das Wort, als er auf die Tür zutrat.

»Es wurden Bewegungen im direkten Umfeld der Burgmauern gesichtet, Sir«, antwortete eine der Wachen, ein hell gescheckter

Hengst, namens Sir Burnaby. »Wir können noch nicht genau sagen, ob sie von Tieren oder von Eindringlingen stammen. Deshalb hat der König strenge Kammersperre ausgerufen, bis das Problem behoben ist.«

Ganz plötzlich hatte Sir Burnaby Farahs vollste Aufmerksamkeit. Ein Fremder in der Nähe Burg? Das war aufregend und beängstigend zugleich. Am liebsten wäre sie sofort auf den höchsten Turm der Burg geeilt, um selbst nach dem Eindringling Ausschau zu halten.

Doch die Wachen nahmen Grindor in ihre Mitte, als sie gingen, und verschlossen die Türen hinter sich. Farah hörte, wie die andere Wache vor ihrer Tür ihren Posten einnahm und den Eingang zu ihrem Gemach bewachte. Sie würde ihr Zimmer also wirklich nicht verlassen können. Aber das machte ihr nichts aus. Sie hatte schließlich ein nagelneues Geschichtsbuch, das es zu erkunden gab.

Mit klopfendem Herzen schlug sie die ersten Seiten der Lektüre auf, die Grindor ihr geschenkt hatte. Die leicht gelblichen Seiten rochen nach eingetrockneter Tinte und unendlichen Abenteuern.

Doch schon als Farah die nächsten Seiten aufschlug, wandelte sich ihr Erstaunen in Entsetzen. Über all die Jahre hatte sie Erren, den Räuberkönig für einen Verfechter des Guten gehalten, der sich von Eiriks Schreckensherrschaft nichts vormachen ließ, doch die Illustrationen seiner Tatorte erschütterten sie bis ins tiefste Mark.

Fohlen und werdende Mütter, enthauptet, erstochen, zerfetzt. Hinterhältig mit einem Pfeil direkt in die Augen geschossen. Ein kalter Schauer lief ihr den Rücken hinunter, als sie bemerkte, wie nah alle der Aufzeichnungen beieinander lagen.

»›24.04.1572, Fohlenmord bei Errendale, eine Gruppe junger Fohlen wird mit durchtrennten Kehlen im Wald zu Errendale aufgefunden. Sechs an der Zahl. Sie alle sind Knappen des Hauses Alvarr, die zusammen mit ihren Ausbildern auf einem Erkundungszug zu den Grenzen ihres Reiches waren. Die Ritter werden wegen Missachtung ihrer Aufsichtspflicht für eine Woche an den Pranger gestellt. Ein Zusammenhang mit Erren, dem Räuber ist nicht sicher nachweisbar.

10.04.1578, Massenmord an der Schippenmühle. Eine angesehene Botschafterin des Hauses van Alvarr, Alwenn von Ravensteyn, wird bei Nacht auf dem Weg zum benachbarten Königreich Windmore brutal niedergeschlagen. Die Fackel, die sie bei sich trägt entzündet Stroh und Heu und das Feuer breitet sich schnell auf die nahegelegene Mühle zwischen den Dörfern Kilgrim und Carraigeer aus. Den Betreibern der Mühle gelingt die Flucht, doch ihre Fohlen erliegen wenig später an den Folgen einer Rauchvergiftung. In den Überresten der Flammen wird zum ersten Mal eine gusseiserne Pfeilspitze mit den Initialen RN gefunden. Alwenns Tod wird vonseiten des Königshauses tief betrauert, da sie einen Nachfahren von Sir Brander von Ravensteyn in sich trug. Bei ihrer Beerdigung gab König Eirik höchstpersönlich Stellungnahme zu dem Vorfall und beklagte den Verlust seiner besten Dienstbotin zutiefst.

14.04.1578, Hinterhalt auf Gefangenentransport. Die zur Todesstrafe verurteilten Schwerverbrecher Odmar und Regnir werden auf dem Weg zur Vollstreckung ihres Urteils befreit. Alle Leibgardisten, die unter Auftrag standen, den Transport zu überwachen, werden durch einen einzelnen Kopfschuss getötet. Geld, Waffen und Proviant sind nicht mehr vorzufinden. Dem Zugpferd gelingt mitsamt der Kutsche die Flucht. Alle Pfeile tragen die Initialen RN.‹«

Farah hatte genug gelesen. Diese Geschichten und die

dazugehörigen Detailzeichnungen würden sie in dieser Nacht sicherlich in ihren Träumen heimsuchen.

Mit zitterndem Atem löschte sie die Kerze neben ihrem Bett und schloss die Augen. Kurze Zeit später jedoch, meinte sie am Fenster ein Rascheln zu hören.

Sie schlug die Augen auf und erblickte plötzlich das vernarbte Gesicht eines jungen Hengstes mit goldenem Fell, der in ihr Gemach spähte. Ein schriller Schrei entfuhr ihr, woraufhin die Wache vor ihrem Gemach sofort hereingestürmt kam.

»Mylady!«

»Da draußen, am Fenster! Ich habe eine Gestalt gesehen!«, wieherte Farah schrill. Doch dort, vor dem Fenster, war niemand. Der Ritter atmete tief durch und lächelte Farah nur amüsiert an.

»Mylady, Ihr habt sicher nur schlecht geträumt. Kein Wunder bei Eurer Lektüre«, er nickte zu dem lindgrünen Buch, das aufgeschlagen auf Farahs Nachttisch lag. Doch sie wusste genau, was sie gesehen hatte.

»Wie soll ein Pferd es schaffen, die Burgmauern zu erklimmen? Wir haben Hufe, keine Krallen.«

Die Wache machte mit einem freundlichen Schnauben kehrt und trottete zu ihrem Posten zurück. Farah stand noch eine Weile am Fenster und blickte hinaus in die Dunkelheit. Und als sie selbst schon beinahe an ihrem Verstand zu zweifeln begann, da entdeckte sie die schimmernde Gestalt eines goldenen Pferdes, das auf der anderen Seite der Burgmauern im Wald stand und ihr direkt in die Augen blickte, bevor es zurück in den Wald galoppierte.

Kapitel 3

Der Regen war bereits versiegt, doch Erren hatte trotzdem den Rest der Nacht damit verbracht, seine Initialen in neue Pfeilspitzen zu ritzen.

Der Name verlieh ihm Macht, obwohl es genau genommen nicht einmal sein richtiger Name war. Doch er dachte nicht gerne an die alten Zeiten zurück. Es war Zeitverschwendung, sich zu lange in der Vergangenheit aufzuhalten. Nach vorne Blicken – das war die Tugend der Tüchtigen!

Mit der letzten Pfeilspitze wuchs die Neugier im Bauch des goldenen Hengstes. Eine Hochzeit sollte also stattfinden. Das musste bedeuten, dass sich eine Hofdame in den Hallen der Burg der Van Alvarrs befand. Ob sie wohl so hübsch war, wie alle immer sagten? Farah von Keldor sollte ein rechter Teufelsbraten sein, wenn man den Gerüchten der Dorfleute Glauben schenkte. Vielleicht war es an der Zeit, der Burg seines alten Freundes, Eirik, einen nächtlichen Besuch abzustatten.

Mit frischem Unternehmergeist schnappte sich Erren seine Armbrust, ein langes, dickes Tau, an dessen Ende er ein Laken anknotete und eine silberne Kette, in deren Zwischenräume er Äste und Zweige gesteckt hatte. Er warf sich seine Ausrüstung über die Schultern und tarnte sich mit einem Mantel, den er mit Ästen und Laub bestickt hatte, bevor er sich auf den Weg zur Burg machte.

Einige hundert Pferdelängen von der Burgmauer entfernt warf er die Kette über einen niedrig gelegenen Ast und stellte sicher, dass sie im Mondlicht auffällig glitzerte. Dann widmete er sich seinem Plan, in die Burg vorzudringen.

Die Schutzmauer war ihm, seit er die Katakomben unter der Burg erforscht hatte, lange kein ernsthaftes Hindernis mehr. Ohne Probleme fand er den geheimen Eingang hinter einem Wacholderstrauch und wandelte zielgerichtet durch die düsteren, modrigen Gänge, die in die alten Burgkeller hinein führten. Von dort aus war es ein Leichtes für ihn, das Gemach der Dame ausfindig zu machen.

Die Gäste wurden meist im Ostflügel einquartiert, damit sie als erste im Hause die aufgehende Sonne genießen konnten. Und nur in einem dieser Zimmer flackerte nun ein Licht.

Erren schlich sich am Burggraben entlang, als er plötzlich das Klingeln der Alarmglocke vernahm.

Sofort warf er sich in seinem Tarnmantel zu Boden und verschmolz mit dem trockenen Gestrüpp um sich herum. Eine Horde Wachen stürmte an ihm vorbei, ohne groß Notiz von ihm zu nehmen.

Die Bewegung der glitzernden Kette musste ihre Aufmerksamkeit erregt haben. Sein Plan war also aufgegangen. Alle Wachen würden so beschäftigt damit sein, die feindliche Bewegung außerhalb ihrer Burg zu eliminieren, dass sie den Feind im Inneren nicht bemerkten.

Geschmeidig wie eine Katze glitt Erren von Schatten zu Schatten bis hin zum Turm des Ostflügels. Er befestigte ein

Ende seines Seils an einem seiner Pfeile und legte diesen in seine Armbrust.

Er nahm die Waffe an einer besonderen Abschusskonstruktion ins Maul, die beinahe wie ein Henkel aussah und von der Vorrichtung nach oben führte, zielte auf die stützenden Querstreben des Turmdaches und biss fest die Zähne zusammen, um den Pfeil abzuschießen. Der Pfeil wurde jedoch durch das Gewicht des Seiles abgelenkt und verfehlte sein Ziel.

Erren holte das Seil ein und startete einen zweiten Versuch. Dieses Mal flog der Pfeil genau durch die Lücke der Querstrebe.

Die Konstruktion ähnelte nun einem Flaschenzug, doch die Ladung fehlte noch.

Darum schnürte sich der goldene Hengst nun das am einen Seilende befestigte Laken fest um den Bauch und nahm das andere Ende zwischen die Zähne. Stück für Stück zog er nun sein eigenes Gewicht an der Burgmauer nach oben, bis er nach einer halben Stunde schwerer Arbeit endlich das Fenster erreichte, in dem Licht gebrannt hatte.

Er tat sich schwer, etwas in dem dunklen Zimmer zu erkennen, doch er meinte, eine fuchsfarbene Stute auf dem Bett liegen zu sehen.

»Eine hübsche Lady, hat sich der König da ausgesucht«, zischte Erren durch die Zähne, doch in diesem Moment schlug die Stute die Augen auf und starrte ihn direkt an. Mit einem entsetzten Schreckensschrei sprang sie auf und alarmierte damit die Wachen in ihrem Burgviertel.

Jetzt musste er schnell sein! Erren wickelte sich einen Teil des Seils um ein Bein und ließ sich den anderen Teil durch seine Zähne gleiten. Die Reibung der harten Hanffasern scheuerte seine Lippen blutig, doch er musste zusehen, dass er fort kam, bevor eine der Wachen ihn entdeckte.

Unten angekommen, riss er sich rasch das Laken vom Leib, schnappte Seil und Armbrust, rammte einen seiner signierten Pfeile zwischen die Steine des Turmes und sah dann zu, dass er Land gewann.

Schon bald wimmelte es im Burginnenhof nur so vor Wachen, doch das war lange kein Problem mehr, denn Erren hatte schon den Weg zurück durch die Katakomben eingeschlagen und war bereits über alle Berge.

Als er Halt machte, um die Kette von dem Baum einzuholen, konnte er sich nicht daran hindern, noch einmal zur Burg zurück zu blicken.

Sie stand im Fenster. Das Mondlicht ließ ihr Fell bleich erscheinen, doch ihren Blick konnte Erren selbst noch in tausenden Pferdelängen deuten.

Sie hatte Angst. Und die hatte sie zu Recht, denn noch bevor der Morgen ihrer glücklichen Hochzeit anbrach, würde sie sich gefesselt und geknebelt in einer Ecke seiner Höhle wiederfinden. Und Eirik würde endlich aus seiner Reserve treten müssen, wenn er keinen Krieg mit der Hochmacht von Keldor riskieren wollte.

Zufrieden stolzierte Erren zurück zu seiner Höhle. Sein Mut sank jedoch, als er sein Höhlendach sah, das der Depeschenbote in seiner Tollpatschigkeit zerstört hatte.

Seufzend holte er die Axt aus seiner Waffenkammer und zog in den Wald, um ein paar neue Bäume zu fällen.

Der neue Morgen brach bereits an, als Erren sich endlich zur Ruhe legen konnte. Doch sobald der Tag sich erhob, waren auch die Pferde der umliegenden Dörfer wieder unterwegs, weshalb er sich recht schnell dazu entschloss, sich seinen Proviant zusammen zu packen und sich im Dorf ein wenig umzuhören. Es interessierte ihn brennend, ob sein Erscheinen auf der Burg in der letzten Nacht seine Spuren hinterlassen hatte. Mittlerweile hätten die Wachen eigentlich den Pfeil finden müssen, den er ihnen an der Mauer des Gästeturms hinterlassen hatte.

Gähnend warf er sich seinen dunklen Kapuzenmantel über, der sein ganzes Gesicht verhüllte. So würde ihn keiner von den Dorfleuten erkennen und ihn womöglich an die Wachen verpfeifen.

Es herrschte buntes Treiben auf dem Bauernmarkt, als Erren die Stadt Kilgrim erreichte, die direkt am Fuße der Alvarrsburg lag. Die Bauern von Kilgrim waren von allen Dörfern in Eiriks Reich am ärmsten dran, da sie die höchsten Abgaben an das Königshaus zahlen mussten. Die meisten der Einwohner besaßen selbst nicht mehr als das, was sie am Leibe trugen.

Erren umklammerte seinen Geldbeutel mit den Zähnen, jederzeit bereit, dreiste Diebe mit seinem Dolch abzustechen, den er mit ein paar Wildschweinlederriemen an seinem linken Vorderbein befestigt hatte. So hatter er ihn immer schnell greifbar, wenn er ihn brauchte.

Alles schien jedoch ruhig. Es waren auch nicht mehr Wachen im Dorf postiert worden. Seine Botschaft schien also doch nicht angekommen zu sein.

Enttäuscht schnaubte er seinen Frust heraus. Eiriks Hengste wurden langsam. Was konnten diese Schleimkriecher eigentlich, außer herum stehen und bedrohlich auszusehen?

Plötzlich stieß Erren mit einem ihm bekannten dunkelbraunen Junghengst zusammen, der eine zentnerschwere Ladung Mehlsäcke auf den Schultern in Richtung der Mühle getragen hatte.

»Entschuldigt bitte vielmals!«, schnaubte der junge Bursche freundlich und hob eine Leinenrolle auf, die aus Errens Manteltasche gefallen war. Erren nickte stumm und nahm sie entgegen, bevor er dem Junghengst half, einen der Mehlsäcke wieder aufzuladen, der ihm bei ihrem Zusammenstoß herunter gefallen war. Und da wurde Erren auch bewusst, wo er das Gesicht dieses Jungen schon einmal gesehen hate.

»Ich danke dir, Veikko. Sag, ist dein Vater zufällig gerade im Lande?«

»Ach Ihr seid es!«, schnaubte der Junghengst namens Veikko feindselig und blickte sich verstohlen um, bevor er mit schnippischem Unterton fortfuhr: »Bjame wird sich sicher sehr freuen, Euch zu sehen!«

Erren folgte Veikko durch die Massen bis hin zu einer unscheinbaren Hütte, die an ein Weizenfeld angrenzte. Nach dreimaligem Klopfen öffnete ein mächtiger, braun gescheckter Hengst die Tür und machte große Augen, als er seinen Besucher erkannte.

»Bist du des Wahnsinns am helllichten Tage hier aufzukreuzen? Du weißt genau, dass dich niemand mit mir zusammen sehen darf. Das wäre mein Todesurteil. Was willst du von mir, du Lump?«

Erren presste sich an Bjame vorbei in das Haus hinein und trottete schweigend in die Mitte des Raumes.

»Ich kann mich nicht erinnern, dich hereingebeten zu haben!«

»Oh Bjame, warum so feindselig? Ich habe getan, was ich konnte!«

»Ja, erschlagen hast du die elende Brandstifterin! Aber draufgegangen ist meine Familie bei dem Mühlenbrand trotzdem! Dass meine schwangere Frau damals überlebt hat, ist ein Geschenk des Himmels!«

»Du kannst von Glück sprechen, dass ich dich rechtzeitig gewarnt habe, du Narr!«, fauchte Erren daraufhin äußerst zornig. »Ohne meine Hilfe wärst auch du dem Feuer zum Opfer gefallen!«

»Was. Willst. Du?«, knurrte Bjame, der bedrohlichen Schrittes auf den viel kleineren Erren zuging. Erren behielt seine Fassung und kniff nur mit einem schelmischen Lächeln die Augen zusammen.

»Ich habe vom Plan deiner Volksrevolte gehört, Bjame. Der Plan ist… nett. Ja, durchaus.«

Bjame riss erbost den Kopf in die Höhe. »Nett? Was soll das heißen, nett? Meinst du etwa, Eirik kann sich gegen die Macht seines gesamten Volkes wehren?«

»Wir wissen beide, dass dieser Plan in Mord und Totschlag enden wird!«

»Damit kennst du dich ja wohl am besten aus.«

»Was wäre, wenn ich dir sage, dass ich eine weitaus bessere Idee habe? Eine Idee, bei der weniger Pferde ihr Leben lassen müssten?«

Bjame lauschte ihm plötzlich mit interessiert gespitzten Ohren. »Sprich weiter!«, schnaubte er kühl.

»Farah von Keldor ist die angetraute Hofdame des Prinzen Aino Van Alvarr und ein klitzekleines Vögelchen hat mir gezwitschert, dass dein Veikko im Moment dabei ist, gewisse Sympathien zum Prinzen zu entwickeln. Wenn wir die Dame entführen und Eirik damit drohen, seine Aufsichtsverletzung an die Keldors weiterzuleiten, dann wird er sich stellen müssen. Den Rest erledige ich.«

Bjame lachte auf einmal so laut los, dass die Wände seiner Hütte unter dem lauten Schall zu erbeben schienen.

»Ja und wie hast du dir das vorgestellt, Erren? Dass Veikko den Prinzen fragt, ob er seine Dame außerhalb der Burgmauern ausführt, du den Prinzen aus dem Hinterhalt erschießt, die Prinzessin schnappst und das Ding damit gegessen ist? Der Prinz entfernt sich nie ohne eine vierköpfige Eskorte vom Schloss, außer, er macht einen seiner Alleingänge. Und wie schon gesagt, da ist er alleine.«

»Du willst mir also nicht helfen?«

»Ich wünschte, ich könnte, Erren. Aber letztendlich würde mein Veikko wie ein Verräter dastehen, wenn heraus kommt, dass er den Prinzen zu einer Untat überredet hat. Und wir wissen beide, dass auf Verrat die Todesstrafe steht.«

Erren schwieg eine Weile, dann senkte er würdevoll den Kopf vor Bjame und verließ die Hütte ohne ein weiteres Wort.

Er war nicht zornig. Nicht einmal enttäuscht. Bjame fürchtete um seine Familie und Erren konnte das verstehen. Vielleicht sogar besser, als jedes andere Pferd in Kilgrim.

apitel 4

Als Farah am nächsten Morgen erwachte, erwartete sie eine Überraschung.

Ronja, eine stämmige, schneeweiße Ponystute und persönliche Dienerin der Königin, Sari Van Alvarr, trug ein Silbertablett voller köstlicher Früchte in ihr Gemach und stellte es auf ihrem Nachttisch ab.

»Mit besten Grüßen des Prinzen. Er erwartet Euch nach dem Frühstück vor dem Thronsaal.«

»Für mich?«, staunte die junge Fuschsstute gähnend. Ronja nickte mit einem freundlichen Lächeln, dann machte sie einen Knicks und verschwand so schnell, wie sie gekommen war.

Hungrig machte sich Farah über das köstliche Obst her und als sie satt war, erwartete sie eine weitere schöne Entdeckung.

Zwei wundervolle Kleider lagen am Fußende ihres Bettes. Eines schöner als das andere.

Fröhlich tanzte Farah durch ihr Gemach und wandte und drehte sich vor dem Spiegel, um die herrlichen Schmuckstücke, königlicher Nähkünste zu betrachten.

Schließlich entschied sie sich für ein hellgrün gemustertes Kleid und eine Kette aus echten Perlen. Dazu steckte sie sich einen Kranz gelber Blüten in den Schopf, die eigentlich zur Dekoration an ihrem Tellerrand gelegen hatten.

Mit einem überglücklichen Strahlen machte sie sich auf zum Thronsaal, wo Prinz Aino sie bereits erwartete.

»Das blühende Leben. Ihr seht bezaubernd aus, Mylady«, schnaubte Aino und deutete eine Verbeugung an, die Farah lachend erwiderte. Sie drehte sich im Kreis, damit der Prinz sie von allen Seiten bewundern konnte.

»Ich war schon schlechter angekleidet!«, lachte sie. »Ihr wolltet mich sprechen?«

»Ich möchte Euch näher kennen lernen, Mylady«, antwortete Aino höflich, »Ich habe Euch seit der Verkündung der Allianz nicht gesehen und, ich meine-«

»Wir werden für eine sehr lange Zeit miteinander auskommen müssen, nicht wahr? Wolltet Ihr das sagen?«

Aino ließ den Kopf hängen und nickte bekümmert. Farah schenkte ihm ein zuversichtliches Lächeln.

»Seid nicht so hart zu Euch selbst. Wir stehen alle in den Pflichten unseres Königreiches.«

»Es ist schön, dass ihr das so seht«, schnaubte Aino halbherzig, »Wenn Ihr denkt, dass die Monarchie noch eine Zukunft hat?«

Aino trat zum Fenster auf der anderen Seite des Ganges und blickte auf Kilgrim herab. Auf den Straßen des Dorfes tummelten sich die Bauern, die das Königshaus belieferten.

Sie waren schmutzig, abgemagert und ihr Fell war ohne Glanz.

Betreten gesellte sich Farah an die Seite ihres Verlobten und versuchte zu verstehen, was er fühlte. Doch in ihrem Königreich war alles anders. Ihr Volk war glücklich. Wieso sollte die Monarchie also dem Untergang geweiht sein?

»Lass uns nach draußen gehen«, schnaubte Aino schließlich mit einem letzten, schmerzvollen Blick auf sein Volk. Farah folgte ihm ohne Widerstand. Sie mochte den Prinzen und sie wollte es sich nicht mit ihm verscherzen.

Draußen angekommen, pikte er sie jedoch mit einem fröhlichen Grinsen in die Seite und begann zu rennen. Farah lachte und eilte ihm hinterher. Er führte sie in den königlichen Schlossgarten in der Nähe ihres Turmes. Die schönsten Wildblumen wuchsen auf den Wiesen und die Rosenranken wanden sich bis hoch an die Oberkante der Burgmauern. Kichernd warf sich Farah mit all ihrem Gewicht auf den jungen Prinzen und zusammen kugelten sie über die herrlichen Blumenwiesen. Als sie da so inmitten all dieser Blumen lagen, da meinte Farah für einen Augenblick, dass ihr Leben als werdende Königin vielleicht doch gar nicht so schlecht werden könnte, wie sie es sich vorgestellt hatte.

»Gefällt es dir hier?«, fragte Aino lächelnd. Farah nickte mit strahlenden Augen.

»Euer Vater meinte, Ihr wärt ganz verrückt nach Wildblumen.«

»Das ist wahr! Ich kann es kaum erwarten zu sehen, welch wundervolle Blumen außerhalb der Burgmauern wachsen. Vor allem an den schattigen Stellen am Waldrand wachsen meist die schönsten…«

»Farah, Ihr werdet diese Mauern als Prinzessin nicht mehr verlassen dürfen. Ihr steht dann unter dem Schutz meines Reiches. Wenn Euch etwas zustieße, könnte das einen Krieg mit den Keldors auslösen.«

Farah fiel das Lachen so plötzlich aus dem Gesicht, dass es dem Prinzen offenbar die Sprache zu verschlagen schien.

»Ich darf die Burg nicht mehr verlassen? Nie wieder?«

Aino legte ihr zum Trost einen Huf auf das Bein, doch Farah sprang auf und blickte voller Zorn auf den Prinzen herab.

»Ihr wollt mich für alle Ewigkeit hier einsperren?«

»Ihr könnt gehen, wohin auch immer es Euch beliebt, wenn Ihr erst Königin seid«, entgegnete Aino mit zittriger Stimme. »Hört zu, ich weiß, es mag vielleicht für ein paar Jahre etwas eng werden, aber ich verspreche Euch, wenn Ihr Euch um unsere Fohlen kümmert, dann wird Euch gar keine Zeit mehr bleiben, über die Wildblumen auf der anderen Seite der Mauer nachzudenken. Und wie Ihr bereits sagtet: ‚Wir stehen alle in den Pflichten unseres Königreiches!‘«

»Hört Ihr Euch eigentlich zu?! Wisst Ihr wie es ist, wenn die ganze Welt von einem verlangt, etwas zu sein, was man nicht ist? Ich bin keine Prinzessin! Ich will keine Königin werden und ich werde Euch ganz bestimmt nicht heiraten und Fohlen mit Euch bekommen!«

»Mylady!«, rief Aino ihr verzweifelt hinterher, als Farah davon rauschte. Noch nie in ihrem Leben hatte sie sich so gedemütigt gefühlt.

Und wo war ihr Vater, wenn sie ihn brauchte? Er saß gewiss noch immer mit Eirik in seiner Tafelrunde, die er seit Tagen nicht verlassen hatte.

Als sie an ihrem Turm im Ostflügel vorbeistelzte, fiel ihr ein Pfeil auf, der im Gemäuer stecken geblieben war. Sie zog ihn mit den Zähnen heraus und steckte ihn unter ihr Kleid, damit ihn niemand bemerkte, denn sie hatte keine Zeit, ihn sich näher anzusehen.

Immer noch wutschnaubend stürmte Farah in den Thronsaal, wo die beiden Könige lachend bei Tische saßen und ihre Sorgen in Wein und einem Übermaß an Speisen ertränkten, die sie ungezügelt in sich hinein stopften. Farah ekelte es bei dem bloßen Anblick ihrer fetten Bäuche und ihrer besoffenen Grimassen.

»Vater, ich möchte nach Hause – sofort!«

Eirik und ihr Vater blickten von ihren Tellern auf und prusteten lauthals los.

»Aber Liebchen, wir können nicht gehen, morgen ist deine Hochzeit.«

»Ich werde nicht heiraten!«, wieherte Farah entschlossen, »und wenn wir nicht auf der Stelle abreisen, dann laufe ich eben davon!«

»Na hör mal, Malik, hast du deiner Tochter etwa keine Manieren beigebracht?«, schnaubte Eirik mit deutlicher Verstimmung in seinem Unterton. Farahs Vater schlug mit seinem Huf so fest auf den Tisch, dass die Tischplatte vibrierte.

»Farah von Keldor! Du gehst auf der Stelle auf dein Gemach und kommst gefälligst nicht mehr heraus, bis die Feierlichkeiten morgen beginnen!«

Ein Leibwächter mit gescheckten Schultern trat an ihre Seite und drängte sie zum Gehen. Farah konnte es nicht fassen. Sie hasste alles an diesem verfluchten Königreich und es war ihrem Vater einfach egal. Es kümmerte ihn nicht. Stattdessen stopfte er sich den Ranzen zusammen mit diesem Hinterwäldlerkönig voll, der sein Volk ohne Gnade ausbeutete. Es stand fest. Sie wollte niemals Königin werden! Niemals!

Der Leibgardist, namens Sir Leon, begleitete sie zu ihrem Gemach, wo er seinen Posten einnahm, um sicherzugehen, dass Farah auch dort blieb.

Mit zornigem Schnauben verwüstete die junge Stute ihr gesamtes Gemach, riss sich das Kleid mit den Farben ihres

Königreiches vom Leib, hielt jedoch inne, als der Pfeil aus einer der Stofffalten heraus fiel.

Die Initialen RN waren fein säuberlich in das Holz geritzt. Blitzschnell schlug Farah mit klopfendem Herzen ihr Geschichtsbuch auf und verglich die Initialen des Pfeils mit einer der Illustrationen aus den Aufzeichnungen von Erren, dem Räuber.

Sie waren völlig identisch. Erren war vor ihrem Zimmerfenster gewesen. Wie er es angestellt hatte, wusste Farah nicht, aber er war es gewesen. Wie sonst hätte der Pfeil auf die Innenseite der Burgmauern gelangen sollen. Der Winkel, in dem der Pfeil in der Mauer gesteckt hatte, schloss eindeutig aus, dass Erren ihn über die Mauer geschossen hatte.

»Er war hier«, murmelte Farah, »Und wenn er hier herein gekommen ist, ohne dass die Wachen ihn bemerkt haben, dann komme ich auch unbemerkt aus dem Schloss heraus.«

 apitel 5

Erren hielt ein Stück Fleisch über die winzige Flamme seines Feuers, als der Tag sich dem Ende neigte. Er hatte den restlichen Tag zum Schlafen genutzt und es war ihm gelungen, ein großes Wildschwein zu schießen.

Pferde aßen für gewöhnlich kein Fleisch, doch er war nicht wie die anderen Pferde. Vor allem im Winter, wenn das Futter knapp wurde, hielt er sich mit dem, war er erbeutete am Leben. Außerdem brauchte er das Leder und die Knochen, um seine Kleidung und Waffen aufzurüsten.

Er würde das gesamte Tier verwerten und damit das Leben ehren, das er genommen hatte.

Auf dem Weg nach Kilgrim waren Erren ein paar Ausschreibungen des Königs auf die Köpfe von gesuchten Schwerverbrechern aufgefallen. Auf fast allen war sein Gesicht skizziert. Unauffällig hatte er einen von ihnen eingesteckt und mitgenommen.

»Für den Mord an mindestens ein Dutzend Dienstboten und einer ungezählten Anzahl an Rittern wird Erren, der Räuber, angeklagt. 200 Gulden erwarten denjenigen, der ihn vor den König bringt – tot oder lebendig!«

Erren schnaubte amüsiert und klebte das Flugblatt mit Baumharz an die Wand seiner Höhle, an der unzählige andere Ausschreibungen auf seinen Kopf hingen. Über die Jahre war die Summe der Entlohnung stetig gestiegen, doch zweihundert Gulden, so viel hatte Eirik noch nie auf ihn zu bieten gewagt.

Erren konnte es nicht leugnen, dass er ein wenig stolz darauf war.

Sein Lager lag auf halbem Wege zwischen Folksmorth und der Alvarrsburg. Die Grenze, die im Osten der Königreiche lag, wurde von keinem weiteren Reich begrenzt. Dahinter lagen nur endlose Wälder.

Oft hatte Erren sich ausgemalt, dass er eines Tages ausziehen würde, um das unbekannte Land zu erkunden, doch er hatte noch eine Aufgabe zu erledigen, bevor er sich zur Ruhe setzen konnte.

Aber anstatt weiter in seinen Zukunftsträumen zu schwelgen, packte Erren nur seinen Trinkschlauch, sein Schwert, ein Seil und seine Armbrust zusammen, weil er sich auf den Weg zum Schloss machen wollte, um der Hofdame aufzulauern.

An dem Fluss, in den er den Boten gestoßen hatte, machte er kurz Rast, um zu trinken. Das kühle Wasser tat gut und ließ seine Erschöpfung der letzten Tage weit in die Ferne rücken.

Doch plötzlich erregte das trockene Klackern eines rollenden Steins hinter ihm seine Aufmerksamkeit. Mit einem Ruck sprang er herum und richtete die geladene Armbrust auf seinen vermeintlichen Verfolger. Doch da war niemand. Erren wich einen Schritt zurück und es klackerte erneut, als ein Stein von einem hohen Felsen in einer Entfernung von etwa zehn Pferdelängen fiel.

Verwundert blickte Erren hinauf und entdeckte ein Pony, das

sich mit einer Armbrust am Kopfe des Felsens duckte und mit einem schmierigen Grinsen die Waffe auf ihn richtete.

Ein Kopfgeldjäger. Erren erkannte diese gottlosen Bastarde auf eine Entfernung von tausend Pferdelängen. Er konnte sie förmlich riechen.

»Ich hätte nicht erwartet, dass du den Trick so schnell durchschaust, die meisten wären spätestens jetzt verängstigt davon gerannt, weil sie dachten, sie würden von einem Geist verfolgt!«, höhnte das Pony in einem seltsam klingenden, harten Dialekt, ohne seine Waffe zu senken. Erren trat mehrere Schritte näher. Ein Pfeil löste sich aus der Armbrust des Angreifers und riss Erren die Armbrust aus dem Maul. Er hatte sein Druckmittel verloren. Sobald er sich nach seiner Waffe bückte oder sein Schwert zog, würde das Pony ihn sofort erschießen.

Das Pony schoss einen weiteren Pfeil ab, der direkt zwischen Errens Hufen stecken blieb.

»Na komm schon! Tanz, du großer König der Räuber, sonst wird es zu einfach!«, lachte der Kopfgeldjäger hämisch und lud einen weiteren Pfeil in seine Waffe.

Doch Erren wäre nicht Erren, der Räuberkönig, gewesen, wenn er nicht auch noch einen Plan B in der Tasche gehabt hätte. Er nutzte die kurze Zeit, in der das Pony nachlud, zog blitzschnell den Dolch aus der Halterung an seinem linken Vorderbein und schleuderte ihn zu der Felskante hinauf.

Das Pony stieß ein entsetztes Wiehern aus, als der Dolch sich in seine Stirn grub, bevor er wie eine tote Taube vom Rande der Klippe in einen Haufen Geröll stürzte und sich dabei auch noch das Genick brach.

»Vollidiot!«, knurrte Erren, als er an die Leiche heran trat und sich seinen Dolch zurück holte, »Du hättest mich sofort erschießen sollen. Einen zweiten Versuch gibt es bei mir nicht.«

In diesem Moment sprangen drei weitere Pferde aus den Schatten der Bäume hervor. Erren zog sein Schwert und richtete es drohend auf die drei massiven Kaltblüter. Sie schienen Brüder zu sein, denn sie besaßen dieselben, kantigen Gesichtszüge und unterschieden sich lediglich in ihrer Fellfarbe.

»Scheiße! Dieser Bastard hat Ansgar getötet!«, wieherte ein mächtiger, pechschwarzer Hengst mit dichtem, weißem Fesselbehang mit Tränen in den Augen.

»Wir werden dir erst das Fell abziehen und dich dann, noch halb lebendig, den Wölfen zum Fraß vorwerfen«, schnaubte der fuchsfarbene Kaltblüter zornig, »dann kann sich Eirik aus deinem hässlichen Pelz einen Bettvorleger machen!«

Der Dritte im Bunde schien sich nicht mehr artikulieren zu können. Wahrscheinlich hatte man ihm die Zunge herausgeschnitten. Eine beliebte Strafe für Betrüger und Lügner. Jedenfalls war letzterer der erste, der sich mit Gebrüll auf Erren warf.

Der goldene Hengst machte einen gewandten Sprung zur Seite, sodass der Angreifer an ihm vorbei schoss, doch in diesem Moment sprangen auch schon die beiden anderen auf ihn los.

Kaltblüter waren zwar stark wie Bären, doch sie waren meist sehr langsam. Das machte sich der flinke Erren zum Vorteil.

Als der schwarze Hengst sein Schwert hob, rollte er sich unter der herab sausenden Klinge geschickt zur Seite, sodass die diese im Boden stecken blieb. Dann sprang er auf und stieß das Pferd unter seinem gesamten Körpereinsatz tief in die Flanke. Das Pferd verlor das Gleichgewicht, als Erren seinen Schwerpunkt traf und wurde gegen einen Baum geschleudert, dessen spitze Äste sich tief in seinen Körper bohrten.

Der schwarze Hengst ging laut ächzend zu Boden und

schien für einen Moment nicht bei vollem Bewusstsein zu sein. Als Erren ihm sein Schwert in den Hals rammen wollte, warf der fuchsfarbene Kaltblüter dem goldenen Hengst von hinten ein Seil um den Hals und strangulierte ihn damit.

Erren trat um sich und stürzte, wobei er selbst sein Schwert verlor. Sofort begannen die drei Kaltblüter gnadenlos mit ihren Hufen auf ihn einzustampfen.

Erren jedoch rollte sich auf den Rücken, streckte alle viere mit einem Ruck von sich und verpasste damit zwei seiner Angreifer einen mächtigen Kinnhaken. Sofort sprang er wieder auf die Hufe und schaltete den Stummen aus, indem er seinen Kopf mit voller Wucht gegen dessen Stirn rammte.

Plötzlich vernahm er das leise Klirren der Klinge des fuchsfarbenen Pferdes über seinem Kopf. Er sah, wie sich von rechts der schwarze Kaltblüter näherte und duckte sich, als das schwarze Pferd zum Sprung ansetzte.

Das Schwert des Fuchses raste nach unten und grub sich in den Nacken des schwarzen Hengstes, der nicht darauf geachtet hatte, dass sein Kollege bereits einen Angriff ausführte, als er sich genähert hatte.

Mit einem Schrei ließ der fuchsfarbene Kaltblüter sein Schwert fallen und ging in die Knie, um nach seinem Bruder zu sehen.

Der schwarze Hengst atmete noch und sprang dann mit einem lauten Aufschrei noch einmal auf die Beine, bevor er einige unkoordinierte Galoppsprünge machte, gegen einen Baum rannte und schließlich tot zu Boden fiel.

»Angus!«, wieherte der fuchsfarbene Hengst verzweifelt und blickte Erren dann voller Entsetzen an. Tränen sammelten sich in seinen Augen und er erhob sich mit zitternden Beinen.

»Das Theater kannst du dir sparen, das zieht bei mir nicht!«, schnaubte Erren mit einem Blick aus Eis. Seine Stimme war so kalt, dass der Hengst sofort in Tränen ausbrach.

Erren hob sein Schwert auf, stieß es ihm ins Herz und zog die Klinge wieder heraus. Blut schoss taktweise aus der Brust seines Angreifers. Mit einem Wimmern ging der mächtige Kaltblüter wieder in die Knie und schleppte sich in seinen letzten Sekunden die wenigen Pferdelängen zu seinem Bruder hinüber. Der Stumme Kaltblüter jedoch, erlangte gerade erst sein Bewusstsein zurück. Erren warf ihm die Ausrüstung seiner Brüder vor die Hufe und bedeutete ihm, zu gehen.

Keiner würde einem Pferd, dem die Zunge herausgeschnitten worden war je wieder Glauben schenken, also ersparte er es sich dieses eine Mal, noch mehr Blut zu vergießen. Dieses Pferd würde niemandem verraten, wo sie auf ihn getroffen waren.

Der seltsame Geselle warf ihm einen letzten, verängstigten Blick zu, bevor er wie der Wind davon galoppierte.

Kurz darauf hatte der goldene Hengst die Leichen der beiden Kopfgeldjäger, wie auch den Depeschenboten zuvor, in den Fluss gezerrt, wo sie schnell von der Strömung ergriffen und davongetragen wurden.

Erren konnte es sich nicht leisten, die Leichen in seinem direkten Umkreis liegen zu lassen. Wilde Tiere würden angelockt werden und der Gestank von verwesendem Fleisch war viele Kilometer weit zu riechen. Außerdem würden vermehrte Leichenfunde in diesem Gebiet Eiriks Ritter neugierig machen, die oft hier am Fluss entlang patrouillierten.

Erschöpft ließ Erren die Schultern kreisen, ließ die Wirbel in seinem Nacken knacken und seufzte tief durch, als er in den Himmel schaute.

Mit Schrecken stellte er fest, dass es bereits Abend geworden war und er sich beeilen musste, wenn er vor Anbruch der Dunkelheit am Schloss sein wollte. Es war Neumond und nur das Licht der Sterne würde ihm seinen Weg weisen, wenn es erst einmal dunkel geworden war. Eine Fackel zu benutzen kam nicht infrage. Er wollte schließlich nicht entdeckt werden.

Mit klopfendem Herzen machte er sich auf zur Burg. Er hatte sich vorgenommen, die Hofdame noch vor ihrer Hochzeit zu entführen und genau das würde er auch tun. Niemand konnte ihn davon abhalten.

Kapitel 6

Farah traute ihren Augen nicht. Sie hielt tatsächlich einen Pfeil von Erren, dem Räuber, in den Hufen. In den vergangenen Tagen hatte sie gemischte Gefühle zu dem Helden ihrer Kindheit entwickelt. Mittlerweile konnte sie gar nicht mehr verstehen, wie sie jemals denken konnte, dass Räuber auch nur in geringster Weise ehrenhaft sein konnten.

Robin Hood war ein ehrenhafter Räuber gewesen, doch der existierte nur in ihren Büchern. Und höchstwahrscheinlich hatte der Autor bei den Formulierungen der Geschichte vieles geschönt, um seine Hauptfigur besser dastehen zu lassen.

Morden war niemals ehrenhaft. Und wer das glaubte, der war schlichtweg ein Narr!

Farah packte ihr Buch in ihre Reisetasche und band sich ihren Dolch mit einem Fetzen des Kleides, das sie heute noch getragen hatte, um das Vorderbein. So, das hatte sie in dem Buch gelesen, tat es Erren immer, damit er eine schnell greifbare Waffe hatte, wenn alle anderen Möglichkeiten versagten. Rasch öffnete sie das Fenster zu ihrem Zimmer und rammte den Pfeil von Erren zwischen die Mauersteine ihrer Zimmerwand, die direkt gegenüber dem Fenster lag. Dann sprang sie schreiend zur Tür und hoffte, dass ihr Plan aufging.

»Sir Leon! Helfen Sie mir!«

Sir Leon stürzte mit weit aufgerissenen Augen in ihr Gemach. Sofort bemerkte er das geöffnete Fenster und den Pfeil, der in der Wand steckte.

»Man hat versucht, mich zu erschießen!«, klagte Farah mit Tränen in den Augen und presste sich zitternd an die Schulter ihres Leibwächters. Sir Leon zog den Pfeil aus der Wand, legte ihn vor sich und entdeckte die Initialen, die in das Holz geritzt waren. Sofort riss er alarmiert den Kopf in die Höhe und eilte zum Fenster. Er streckte den Kopf hinaus und suchte den Waldrand hinter der Burgmauer nach einer Gestalt ab, doch da war nichts.

»Mylady, ich werde sofort Verstärkung anfordern!«, schnaubte Sir Leon ernst. »Solange werdet ihr Fenster und Türen verschlossen halten und Euch im hinteren Bereich Eures Zimmers aufhalten. Ich verspreche Euch, dass das nicht wieder vorkommen wird!«

Farah nickte zitternd und beobachtete, wie Sir Leon ihr Gemach verließ. Er schloss die Tür nicht ab. Farah hätte am liebsten Luftsprünge gemacht, wenn das nicht alle Pferde in den umgebenden Räumen auf sie aufmerksam gemacht hätte.

Flink schwang sie sich ihre Tasche um die Schultern und steckte den Pfeil hinein, den Sir Leon zurückgelassen hatte. Dann warf sie sich ihren dunkelgrünen Mantel über und stahl sich hinaus in die Hallen der Alvarrsburg.

Auf leisen Hufen eilte sie hinaus in den Burgvorhof und von dort aus in den Garten. Wo konnte es hier nur einen geheimen Weg hinaus geben?

Farah bewegte sich in den Schatten und suchte die Mauer nach Lücken ab. Die Sonne war beinahe völlig verschwunden.

Wenn sie nicht bald fündig wurde, dann würde sie nur absolute Dunkelheit umgeben und sie konnte sich eine Ausrede einfallen lassen, warum sie die Anweisungen ihres Vaters und die ihrer Leibwache missachtet hatte. Soweit durfte es nicht kommen!

Als sie zu der Stelle kam, an der sie den Pfeil in der Turmmauer entdeckt hatte, knackste etwas unter ihren Hufen. Sie war auf einen Ast getreten.

»Wacholderzweige«, murmelte Farah verwundert. »Die gibt es im königlichen Garten nicht.«

Plötzlich fiel Farah eine Spur von Blättern und Zweigen auf, die sie zum Eingang des Burgkellers führte.

»Die Katakomben! Warum bin ich nicht gleich darauf gekommen!«, lachte die junge Stute leise und schlich sich die Stufen in den Keller hinunter. Sie nahm sich eine Fackel aus einer Halterung und entzündete sie an einem Feuerkessel an der Wand.

Immer tiefer führte die Laubspur sie in die verzweigten unterirdischen Gänge der Burg hinein. Farah klopfte das Herz bis zum Hals. Sie würde es tatsächlich schaffen. Sie würde entkommen und sie würde nach Hause zurück kehren. Zurück zu ihrer lieben Mutter und zu ihrer kleinen Schwester, die sie mit Sicherheit schon sehr vermisste.

Doch auf einmal endete die Spur. Vor Farah lagen drei Tunnelöffnungen, die in verschiedene Himmelsrichtungen führten und plötzlich verließ sie der Mut.

Wie hatte sie nur glauben können, dass Erren so dumm war und eine Spur aus Laub hinterließ? Es sei denn…

Farah leuchtete in einen der Tunneleingänge hinein und sah, dass die Blätter nicht mehr dort lagen, wo Erren sie verloren haben musste. Vielmehr sah es danach aus, als hätte jemand versucht, seine Spuren mit einem Besen oder einem Ast zu verwischen, damit niemand ihm folgen konnte.

Doch warum hatte Erren die Spur nur bis hierher verwischt? Konnte es sein...? Weiter kam Farah in ihren Gedanken nicht, da sprang sie eine Gestalt aus dem Gang zu ihrer Linken an.

Vor Schreck ließ sie die Fackel fallen und riss zitternd den Dolch aus ihrer improvisierten Beinhalterung.

Im flackernden Schein der erlöschenden Fackel erblickte sie einen fürchterlich entstellten, goldenen Hengst, der das Ende eines Seils zwischen den Zähnen hielt.

»Dummes Ding!«, schnaubte der Hengst mit einer tiefen, kratzigen Stimme. Er mochte etwa fünf Jahre älter als Farah selbst sein, doch er wirkte wie ein altes Pferd, das alle Seiten des Lebens bereits kennen gelernt hatte.

»Erren«, schnaufte Farah mit weit aufgerissenen Augen. Bei der Erwähnung seines Namens blitzte ein Funke in den Augen des Hengstes auf. War es Stolz? War es Hochmut? Für Farah war der Fremde genauso wenig zu durchschauen, wie die hinterlistigen Pläne ihres Vaters.

Mit einer hastigen Bewegung stampfte Erren die Fackel aus, woraufhin Farah völlig die Orientierung verlor. Ohne etwas zu sehen, stach sie mit ihrem Dolch zu. Plötzlich schlug ihr jemand die Waffe weg, schnürte ihr das Maul zu und band ihren Hals mit einem Seil ab. Völlig blind und daran gehindert, sich zu wehren oder um Hilfe zu rufen, wurde sie von dem Seil in eine Richtung gezerrt, die sie nicht deuten konnte. Farah wehrte sich, doch sie hatte keine Chance. Das Seil lag zu fest um ihren Hals und schnürte sich nur noch enger zusammen, sobald sie sich gegen den festen Zug wehrte.

Frische Luft strich ihr um die Nase, als sie das Ende der

Katakomben erreichten. Doch die Nacht war so schwarz, dass sie selbst hier draußen nur schemenhafte Umrisse der Bäume und umliegenden Felsbrocken erkennen konnte.

Erren führte sie eine weite Strecke in den Wald hinein und Farah meinte mehrere Male, dass sie mehrfach im Kreis gelaufen waren, bevor sie an einer düsteren Höhle ankamen.

Sie hatte keinen blassen Schimmer, welche Himmelsrichtung sie zurück nach Keldor führen würde, falls ihr eine Flucht gelang. Sie war diesem Mörder von nun an also schutzlos ausgeliefert.

Erren stieß sie in eine Ecke seiner Höhle, die als einzige relativ trocken war. Sie war mit weichem Heidekraut ausgepolstert.

Er nahm ihr den Knebel ab und schnürte ihr jeweils die beiden Vorder- und die beiden Hinterbeine zusammen. Farah trat nach ihm, doch er wich ihren Hufen geschickt aus und schien gar keine Notiz von ihren trotzigen Wehrversuchen zu nehmen.

»Lass uns einiges klarstellen!«, knurrte er, während er die Seile verknotete. »Wenn du etwas erledigen musst, dann tu das gefälligst vor der Höhle! Deine Fesseln sind locker genug, dass du im versammelten Schritt gehen kannst.«

Farah blickte ihm verwundert in die Augen.

»Oh nein, ich weiß, was du jetzt denkst!«, schnaubte Erren genervt, »Ich finde dich sowieso, wenn du einen Fluchtversuch unternimmst. Und wenn du es wagst, um Hilfe zu rufen, dann werde ich mich nicht zieren, dir ein Bein abzuhacken oder dir die Zunge heraus zu schneiden! Solange Eirik dich nur lebendig zurück bekommt, kann er sich schon glücklich schätzen. Also hüte dich davor, mir auf den Nerv zu gehen!«

Farah nickte stumm und beobachtete, wie Erren zum

Höhleneingang stapfte und ein Feuer entzündete. Heiße Tränen kullerten ihr die Wangen herab, als sie sich auf ihrem Bett aus Waldkräutern niederließ. Was hatte sie sich nur dabei gedacht, den Spuren eines Räubers zu folgen?

Erren kam nach einer Weile zu ihr und stellte ihr einen Teller mit warmer Kräutersuppe vor die Nase.

»Iss das und lege dich dann schlafen! Es liegen ein paar sehr aufregende Tage vor dir.«

Schweigend begann Farah die Suppe zu schlürfen. Sie schmeckte gut, doch ihre Kehle war vor Furcht so trocken, dass sie schon nach wenigen Schlucken satt war.

Missmutig schob sie den Teller von sich und warf einen letzten Blick auf den Räuber, der am Feuer saß und seine Initialen in Pfeile schnitzte, bevor sie ihre Augen schloss und erschöpft in einen tiefen, traumlosen Schlaf fiel.

Kapitel 7

Als Farah erwachte war die Höhle leer. Vor ihr stand ein Teller mit ein paar welken Waldkräutern, die sie mit trockener Kehle hinunter würgte. Das war auf jeden Fall nicht das beste Frühstück ihres Lebens gewesen. Ihr lief noch immer das Wasser im Mund zusammen, wenn sie an die herrlichen Früchte vom Vortag dachte.

Nach ihrem Frühstück hievte sie sich auf die Beine, legte ihren Mantel ab und trottete dann durch die enge Höhle bis zum Eingang. Sie steckte den Kopf hinaus und wurde vom Gesang der Vögel begrüßt. Ein Lächeln huschte über ihr Gesicht, als Farah eine Nachtigall entdeckte, die über ihrem Kopf sang.

Doch weit und breit war keine Spur von dem Räuber zu entdecken. Sollte sie es doch wagen und einen Fluchtversuch veranstalten? Farah zitterte bei dem bloßen Gedanken daran. Sie traute diesem Kerl alles zu.

Zwei weitere Schritte trat sie nach vorne und musterte interessiert das Laub am Boden. Eichenblätter. Eichen gab es nur im Osten zwischen Folksmorth und Kilgrim. Das hatte ihr Grindor in der Reichskunde beigebracht. Sie wusste nun also in etwa, wo Erren sie hingebracht hatte.

Plötzlich verstummte der Gesang der Vögel und Farah riss den Kopf herum. Über ihr auf der Klippe, in der Errens Höhle lag, stand der Räuber und beobachtete sie.

»Was macht Ihr denn? Ihr habt mich beinahe zu Tode erschreckt.«

»Vertrauen ist gut, Kontrolle ist besser!«, knurrte Erren und kraxelte den steilen Abhang zu ihr herab. Er blieb direkt vor ihr stehen und musterte sie skeptisch.

»Wie eine Prinzessin siehst du nicht aus.«

»Und Ihr seht nicht aus, wie ein König!«, entgegnete Farah spitz, woraufhin Erren nur die Augen zusammen kniff und die Lippen aufeinander presste. Wortlos wandte er sich ab und trottete in die Höhle.

Ganz alleine ließ er die junge Stute draußen vor der Höhle zurück, was ihr nach kurzer Zeit ziemlich unangenehm wurde. Mit angelegten Ohren stolperte sie zurück in das Versteck und beobachtete, wie Erren Feuer machte.

»Wie funktioniert das?«, fragte sie neugierig und kam einen Schritt näher. Erren beachtete sie nicht und schlug mit voller Wucht zwei Steine aufeinander, bis ihnen ein Funke entsprang, der in ein Nest aus trockenen Gräsern hüpfte. Er legte daraufhin die Steine zur Seite und begann vorsichtig Luft in das Grasbüschel zu pusten. Der Funke wurde zur Glut und aus der Glut schoss nach kurzer Zeit ein winziges Flämmchen hervor.

»Ich habe so etwas noch nie gesehen!«, hauchte Farah begeistert, »Es ist wirklich ein Wunder, wie man aus dem Nichts ein schützendes Feuer errichten kann.«

»Du redest ziemlich gerne, was?«, schnaubte Erren kühl,

wandte sich ab und holte einen Topf aus einem Seitengang der Höhle, in den er ein paar alte, verbogene Pfeilspitzen warf. Er stellte den Topf ins Feuer und wartete.

»Was wird das?«, fragte Farah, doch wieder einmal erhielt sie keine Antwort.

Eigentlich meinte Farah, dass sie sich an die kratzborstige Art des Räubers gewöhnen würde, doch selbst drei Tage nach ihrer Gefangennahme hatte sich rein gar nichts an seinem Auftreten geändert.

Er behandelte sie nicht schlecht, doch er zeigte ihr mit aller Kraft, dass er sich auf kein freundliches Gespräch einlassen wollte.

Farahs Hoffnung begann langsam zu schwinden, doch sie wollte noch ein einziges Mal versuchen, sich mit dem Räuber gut zu stimmen. Mit einem frechen Grinsen blickte Farah zu ihrer Tasche, in der noch immer einer von Errens scharfen Pfeilen steckte, holte ihn hervor und begann mit der scharfen Spitze an ihren Fesseln zu sägen.

ooo

Eirik schritt im Thronsaal auf und ab, als Sir Brander, sein treuester Ritter den Raum betrat. Der prächtige, alte Schimmelhengst trabte ihm erwartungsvoll entgegen, doch Sir Brander schüttelte nur mit dem Kopf.

»Nichts, Sire. Wir haben die umliegenden Wälder dreifach durchkämmt und die Katakomben durchforstet. Doch sie war nirgendwo aufzufinden.«

Eirik schnaubte erbost, warf sich auf der Hinterhand herum und trabte zum Fenster, um auf sein Dörfchen herab zu blicken.

»Diese Rotzgöre war sowieso nur zweite Wahl, doch wenn sie in meinem Königreich verschwindet, kann das enorme Probleme mit Malik von Keldor auslösen«, er wandte seinem Ritter über die Schulter hinweg den Kopf zu. »Wir müssen uns etwas einfallen lassen!«

»Ich könnte Malik sagen, dass seine Tochter ein paar Tage Ruhe wünscht und wir die Hochzeit zu ihren Gunsten um eine Woche verschoben haben.«

»Dann schicke ich ihn nach Hause und in der Zwischenzeit weiten wir unsere Suchtrupps bis zu den Grenzen der anderen Königreiche aus. Bis er zu den Festlichkeiten zurückkehrt, werden wir sie bereits gefunden haben! Sir Brander, das ist genial!«

Der Ritter neigte unterwürfig den Kopf, als Eirik an ihm vorbei schritt. Der König öffnete ihm die Tür und bedeutete ihm damit, Malik die Botschaft sofort zu überbringen.

»Was sage ich Malik, wenn er seine Tochter zu sehen wünscht, Sire?«

»Sagt ihm, sie hat sich in ihr Zimmer eingeschlossen und verweigert jeglichen Kontakt zur Außenwelt!«

Sir Brander nickte und eilte dann davon. Eirik jedoch hatte bereits so ein Gefühl, dass irgendetwas nicht stimmte. Die Schlinge der Volksrevolte lag eng genug um ihn herum, warum musste diese Göre ihm ausgerechnet jetzt auch noch Ärger bereiten?

Eirik fühlte es in seinen Knochen. Erren hatte seine Hufe im Spiel und wenn er die werdende Königin in seinen Fängen hatte, dann war das sein sicheres Todesurteil. Eirik würde ihn finden und er würde ihm die schlimmsten Dinge antun, die sich ein Pferd nur vorstellen konnte, bevor er ihm den Kopf mit dem stumpfesten Schwert abhackte, das er nur finden konnte.

Kapitel 8

Leise wie eine Katze schlich sich Erren an den Hirsch heran. Aus den spitzen Enden seines Geweihs würde er wundervolle Messer schnitzen können. Das Leder würde seinen löchrigen Schwertgurt flicken und das getrocknete, gepökelte Fleisch würdeihn im nahenden Winter mehrere Wochen lang satt halten. Erren legte die Armbrust an und zielte, da hob der majestätische Hirsch plötzlich den Kopf, witterte etwas und sprang davon. Mit einem wütenden Schnauben ließ Erren seine Waffe sinken und schnupperte ebenfalls. Feuer. Instinktiv wandte er den Kopf in Richtung seines Versteckes, das mehrere hundert Pferdelängen entfernt im Wald lag. Eine Rauchsäule stieg von dort zum Himmel.

Erren sprang sofort aus seiner Tarnhaltung auf und raste wie der Wind zu seinem Versteck zurück.

Als er zum Eingang seiner Höhle kam, wehten ihm dicke Rauchschwaden entgegen. Hustend bahnte er sich einen Weg in die enge Höhle hinein und deckte seine außer Kontrolle geratene Feuerstelle mit seinem Mantel ab, um sie zu löschen.

Als der Qualm sich etwas verzogen hatte, stellte Erren fest, dass seine Gefangene nicht mehr in der Höhle war und ihre Fesseln durchgewetzt am Boden lagen, wo er ihre Schlafstätte eingerichtet hatte.

Mit einem Anflug von Zorn und Panik ergriff er sein Schwert und stürmte aus der Höhle. Dort stieß er mit Farah zusammen, die mit einem Bündel Kräuter im Maul zurück gekehrt war.

»Was zur Hölle hast du angestellt?!«, entfuhr es ihm weitaus emotionaler, als er es vorgesehen hatte. Die Stute zuckte zusammen und ließ das Bündel Kräuter fallen. Dann legte sie die Ohren an und machte energisch einen großen Schritt auf ihn zu.

»Ich habe nur versucht, etwas anderes zu kochen, als der Fraß, mit dem Ihr mich täglich zu vergiften versucht!«

»Wie hast du es geschafft, deine Fesseln abzulegen?«, knurrte Erren und stieß Farah in die Höhle hinein. Sie trottete zu ihrem Schlafplatz, doch da entdeckte Erren auch schon den Pfeil, der ihr als Messer gedient haben musste.

»Wo hast du den her?«, schnaubte er zornig und hob den Pfeil auf.

»Gefunden«, schmunzelte Farah, »Und sie sind wesentlich schärfer, als ich erwartet hätte. Die Seile hatte ich damit in kürzester Zeit durch.«

Erren wandte sich ab, wunderte sich jedoch im selben Moment über diese merkwürdige Stute. War dieses Pferd wirklich die Hofdame, Farah von Keldor? Oder hatte er einen großen Fehler begangen? Aber sie musste es sein. Er hatte sie doch im Gästegemach gesehen. Sie musste es einfach sein!

»Du hast feuchtes Heu zum Anzünden verwendet«, schnaubte Erren trocken, »Wenn du das nächste Mal Feuer machen willst, dann nimm gefälligst das trockene Heu aus dem Lager!«

Erren deutete auf eine kleine Holzkiste, aus der einige

trockene Halme hervor lugten. Die Stute nickte verwirrt.

»Ich bin übrigens Farah, falls ihr es nicht wissen solltet.«

»Ich habe nicht nach deinem Namen gefragt, weil es mich nicht interessiert und jetzt geh gefälligst zurück auf deinen Platz! Ich bin so kurz davor, dir mein Schwert in den Hals zu stoßen!«

»Das würdet Ihr nicht tun!«, schnaubte die Stute erschrocken, doch in diesem Moment sprang Erren mit seinem Schwert im Maul herum und richtete es auf Farah.

Er hatte jedoch nicht mit ihrer geschickten Reaktion gerechnet. Farah duckte sich, zog Erren mit einem ihrer Hufe die Vorderbeine unterm Körper weg und schnappte sich sein Schwert, als er stöhnend zu Boden ging.

Erren schüttelte ungläubig den Kopf und blickte aus zusammengekniffenen Augen zu der Stute auf, die ihn schelmisch angrinste.

»Ihr seid es wohl nicht gewohnt, von einer Stute geschlagen zu werden.«

Zornig wiehernd sprang Erren auf und stieß Farah unter vollem Körpereinsatz gegen die Höhlenwand. Die Stute wieherte schrill, umklammerte fest ihr Schwert, stieg auf die Hinterbeine und verpasste ihm zwei saftige Tritte ins Gesicht. Als Erren zurück wich, richtete sie sein eigenes Schwert auf ihn.

An Errens Wange klaffte eine Platzwunde und sein linkes Auge war von einem dicken Veilchen umgeben. Wütend schnaufend stierte er Farah an, dann fing er an zu lachen. Perplex hielt Farah ihre Stellung, ohne das Schwert zu senken.

»Interessante Kampftechnik, Lady Farah von Keldor!«, schnaubte Erren höhnisch, »aber du hast etwas vergessen!«

Der vernarbte, goldene Hengst machte urplötzlich einen

Satz nach vorne, stieß Farah in die Seite und brachte sie damit aus dem Gleichgewicht. Im selben Moment keilte er aus und trat Farah das Schwert aus dem Maul. Dann stieß er sie vollends von den Beinen und legte ihr den Dolch an die Kehle, den er aus dem Lederriemen an seinem Bein gezogen hatte.

»Der Feind ist nicht besiegt, wenn er gestellt wurde, sondern erst, wenn er aufgibt oder wenn er tot ist. Und nun sag mir: Sehe ich etwa tot aus?«

Farah schüttelte hektisch den Kopf, als die kalte Klinge des Dolches sich in das Fell ihrer Kehle bohrte.

»Na also. Und vorher brauchst du dir auch nicht einzureden, dass du mich besiegt hast.«

Erren steckte den Dolch wieder in seine Halterung. Farah atmete erleichtert auf, als der höllische Druck auf ihren Atemwegen nachließ.

»Du magst ein wenig kämpfen können, aber wenn es ums Töten geht, da bist du eben doch nur eine kleine, verweichlichte Prinzessin.«

»Ich bin keine Prinzessin!«, fauchte Farah ihn unwirsch an, »Und ich will auch keine Königin werden! Eirik, dieser Schuft, kann von mir aus bleiben, wo der Pfeffer wächst. Genau wie mein hinterlistiger Vater!«

Erren spürte, wie das Blut aus seinen Gliedern wich, als er diese Worte hörte. Sein glorreicher Plan hatte sich soeben in Ungnade aufgelöst.

»Was soll das heißen, du willst keine Königin werden?«

Farah legte trotzig die Ohren an und vergrub ihren Kopf zwischen den Beinen.

»Warum bist du nicht davon gelaufen, als du die Möglichkeit dazu hattest?«

»Ich wollte nie so sein, wie meine Schwestern. Ich bin schon immer fasziniert von den Geschichten der Räuber und Banditen dieses Landes gewesen.«

»Und darum bist du auch davon gelaufen…«, folgerte Erren. Farah nickte und Erren steckte sein Schwert zurück in den Schwertgurt. Mit einem plötzlichen, zornigen Aufschrei kickte er einen großen Felsbrocken quer durch seine Höhle.

»Und ich möchte wetten, du hast Eirik auch deinen Unmut spüren lassen, seinen Sohn zu heiraten. Nicht wahr?«

Farah nickte schuldbewusst. Erren jedoch wirkte nachdenklich, dann blickte er sie aus kalten Augen an.

»Mitkommen!«

»Wohin gehen wir?«, fragte Farah neugierig, doch Erren antwortete ihr nicht. Energisch ging er vorwärts und sah sich alle paar Meter nach Farah um, ob sie ihm noch folgte.

Farah wusste nicht, warum, doch irgendetwas stimmte hier nicht. Nur was?

Als sie an den Ufern der Nieße ankamen, blieb Erren stehen. Er hatte ihr den Rücken zugewandt und als sie fragen wollte, was los war, zog Erren plötzlich sein Schwert und richtete es auf sie. Mit einem entsetzten Aufschrei sprang sie zurück, doch Erren folgte ihr bedrohlichen Schrittes.

»Erren? Das wollt Ihr nicht! Das würdet Ihr nicht tun!«

Erren schwang demonstrativ sein Schwert durch die Luft, sodass es Farahs Nüstern um Haaresbreite verfehlte. Die junge Stute plumpste verdattert auf die Hinterhand. Ihre Augen waren weit aufgerissen und ihre Nüstern bebten vor Angst.

»Was weißt du schon, was ich will oder was ich tun würde? Du weißt, wo ich wohne. Du könntest mich verraten und das reicht mir völlig.«

Erren holte aus, Farah schrie vor Entsetzen. In diesem Moment schoss ein Pfeil durch die Luft und drang in die Schulter des Räubers ein. Der Hengst riss mit weißen Augen den Kopf herum und entdeckte eine Patrouille der königlichen Garde, die bedrohlich schnell näher kam.

Weitere Pfeile zischten auf ihn zu und trafen seine Flanke und seine Hinterhand. Als er zu fliehen versuchte, sprang eine der Wachen ihn von der Seite an und riss ihn zu Boden. Drei weitere Hengste eilten dem ersten hinterher und begannen den goldenen Hengst mit Tauen zu verschnüren.

Erren wehrte sich heftig gegen die Übermacht der drei Hengste, doch diese hatten sofort dafür gesorgt, dass er keinen Zugriff mehr auf seine Waffen hatte.

Mit wildem Kampfgeschrei gelang es ihnen schließlich, den verwundeten Hengst zu fesseln und ihn zurück auf die Beine zu schieben.

Farah machte ein paar Schritte rückwärts, dann schnürte ihr eine Wache von hinten ein Seil um den Hals.

»Hiergeblieben, du kleine Ausreißerin! Der König wünscht dich auf der Stelle im Thronsaal zu sprechen.«

So sehr sich Farah auch dagegen wehrte, sie hatte keine Chance und zusammen mit dem Trupp der Garde wurden sie zur Alvarrsburg zurück gebracht.

Erren ließ theatralisch den Kopf hängen. Er hätte diese Hengste töten können, wenn ihm danach gewesen wäre. Doch sein Plan B war nicht darauf ausgelegt, die Wachen des Königs auszuschalten. Sollten sie ihn nur ins Schloss bringen. Er wusste, dass das hier nicht das Ende war.

Es war erst der Anfang.

Kapitel 9

Ein widerliches Grinsen lag auf Eiriks Lippen, als er erfuhr, dass Erren und Farah gefasst waren.

Mit stolz erhobenem Kopf schritt er auf die beiden zu, die nebeneinander in seinen Thronsaal geführt wurden. Er blieb vor Erren stehen und musterte ihn mit angewiderter Miene. Erren spuckte ihm voller Verachtung ins Gesicht, woraufhin Eirik sich den Fleck wortlos abwischte und seinem Feind dann dreist ins Gesicht lachte.

»Ich hätte dich nicht entwischen lassen sollen, du kleiner Bastard. Hätte ich damals gewusst, dass das uneheliche Teufelsfohlen zweier Hexer mir einmal so gefährlich werden könnte, ich weiß nicht, ob ich dich dann so leichtfertig hätte laufen lassen.«

»Du bist ein widerliches Arschloch, Eirik aber ich denke, das weißt du selbst!«

Eirik ignorierte Errens Hasspredigt und schritt zu Farah hinüber, die mit Tränen in den Augen den Kopf senkte.

»Ich hoffe, Ihr wisst, welcher Gefahr Ihr mein Königreich ausgesetzt habt. Aber da Ihr die Tochter meines Alliierten seid, kann ich Euch nicht züchtigen, wenn es mir danach ist. Und glaubt mir, es juckt mir gerade gewaltig in den Hufen!«

»Wo ist Aino?«, fragte Farah. Eirik schnaubte zornig und wandte sich ab.

»Er hat den Bauern ihre Steuern zurück erstattet, weil ihm dieser Müllersjunge unnütze Flausen in den Kopf gesetzt hat. Und nun sitzt er im Kerker, bis die Hochzeit stattfinden kann.«

Farah atmete erschrocken auf. Aino war sein eigener Sohn! Wie konnte ein König es wagen, seinen eigenen Sohn im Kerker einzusperren?

Farah schielte hinüber zu Erren, der zufrieden grinste, als er hörte, dass Aino sich seinem eigenen Vater widersetzt hatte.

»Es sieht so aus, als wäre morgen auf dem Burgvorplatz ein ordentliches Hinrichtungsspektakel zu erwarten«, schnaubte Eirik, »Erst die Verbrennung der Hexentochter des Waffenhändlers und nun auch noch die Enthauptung von Erren, dem König der Räuber!«

Die Wachen lachten laut los und füllten die Hallen mit ihrer ekelhaften Arroganz. Farah drehte sich der Magen um. Wie konnten Pferde, die doch alle gleich geboren wurden, sich so zutiefst unterscheiden? Wie konnte sie, die in königlichem Umfeld aufgewachsen war, es selbst nicht verstehen, welche Dinge diese Pferde zu solchen Taten trieben?

»Bringt sie in den Kerker und sorgt dafür, dass es Lady Farah von Keldor an nichts fehlt«, ordnete Eirik an und ließ die Wachen parieren.

Grob stießen die Ritter die beiden Pferde vor sich her, doch Erren riss den Kopf herum und rief Eirik über die Schulter zu: »Du wirst es noch bereuen, mich nicht gleich getötet zu haben, du alter Mistsack!«

Eirik rümpfte die Nüstern, blieb jedoch ganz ruhig.

»Du wirst schon noch früh genug sterben, Bastard!«

Als die Wachen Farah und Erren in ihre Zellen geworfen hatten, drehten sie die Schlüssel im Schloss herum und nahmen ihre Wachposten ein.

Farah blickte durch die Gitterstäbe hinüber in Ainos Zelle und dann zu Erren, der sich die Pfeile aus seinem Körper zog und seine Wunden sauber leckte.

»Sie haben Euch gefunden, weil Rauch im Wald aufstieg«, murrte Aino neben Farah. Erren fixierte die junge Stute mit zusammengekniffenen Augen und wandte sich dann ab. Warum war er nicht geflohen, als er den Rauch aufsteigen sah?

Warum hatte er sich wehrlos abführen lassen, als Eiriks Männer ihn gefesselt hatten?

Farah verstand die Welt nicht mehr, kauerte sich in eine Ecke und weinte.

»Heulen bringt dir auch nichts!«, knurrte der Räuber aus seiner Zelle zu ihr herüber, »Du vergeudest nur deine Zeit, Prinzessin!«

Farah schniefte trotzig und wischte sich die Tränen ab. Sie musste hier raus, sonst würde sie genau zu dem werden müssen, vor dem sie sich ihr Leben lang so sehr geekelt hatte.

Das durfte sie nicht zulassen!

»Sir Brander!«, Farah steckte ihren Kopf durch die Gitterstäbe ihrer Zelle und rief nach dem treuesten Ritter aus Eiriks Reihen. Sofort kam der braune Hengst mit dem markanten Stirnabzeichen zu ihr und neigte den Kopf.

»Wie kann ich Euch dienlich sein, Mylady?«

»Ich wünsche, mit dem König zu sprechen! Sofort!«

Sir Brander legte den Kopf schief und nickte dann jedoch.

»Sicher, Mylady, ich werde ihn holen gehen!«

»Nein, ich möchte zu ihm. Ich bin schließlich keine Gefangene und wenn Eirik möchte, dass ich meinem Vater nicht erzähle, dass er seine zukünftige Schwiegertochter in den Kerker sperrt, dann rate ich ihm, dass er meine Bitten auch ernst nimmt.«

Der Ritter riss die Augen auf und blähte vor Verwunderung die Nüstern. Diese Stute besaß wirklich die Dreistigkeit, den König herauszufordern? Erren in der Zelle nebenan warf der jungen Stute verstohlene Blicke zu und auch Aino presste erstaunt seine Nüstern gegen die Gitterstäbe seiner Zelle.

»Was ist nun? Ich warte?«, schnaubte Farah. Der unter Druck gesetzte Ritter gab schließlich nach und öffnete widerwillig die Tür zu Farahs Zelle. Die Fuchsstute stolzierte heraus und folgte dem Ritter, der sie hinaus auf den Gang führte.

Sie warf Erren einen letzten Blick über die Schulter zu, dann befand sie sich auf dem Weg zum Thronsaal.

Doch Farah hatte nicht vor, wirklich mit dem König zu sprechen. Zwei Ritter kamen ihnen auf halbem Wege entgegen, die den toten Körper der Königin Sari Van Alviss hinter sich her schleiften. Ihre Augen waren weit aufgerissen und aus ihrem Maul triefte Schaum.

Als die Ritter außer Sichtweite waren, trat Farah Sir Brander mit einer solch enormen Wucht in den Bauch, dass der mächtige Hengst hustend in die Knie ging. Farah zog sein Schwert aus der Halterung und stieß dem Ritter die Klinge in die Schulter. Es knackte laut, als das Wert das dicke Schulterblatt des Hengstes durchbrach.

Der Feind ist erst besiegt, wenn er tot ist oder wenn er aufgibt, dachte Farah sich, als sie die Klinge wieder aus dem Körper des ächzenden Ritters zog. Sir Brander atmete, schien jedoch starke Schmerzen zu haben. Dieser Hengst war definitiv für einige Zeit außer Gefecht gesetzt.

»Wagt es ja nicht, mir zu folgen!«, schnaubte Farah bestimmt, schnappte sich die Schlüssel für die Kerker und eilte dann zurück zu den Zellen. Doch Ainos Zelle war bereits leer.

»Der Prinz ist vor wenigen Augenblicken bereits ausgebrochen. Ist völlig ausgerastet, als man die Leiche an seiner Zelle vorbeigeschleift hat. Er hat die Tür förmlich aus den Angeln gerissen«, murmelte Erren, als Farah den Schlüssel für seine Zelle heraus suchte. Die junge Stute steckte den richtigen Schlüssel ins Schloss, drehte ihn um und öffnete Erren die Tür.

Der Räuber wartete keine Sekunde lang und sprang aus seiner Zelle. Farah warf ihm das Schwert zu, das sie Sir Brander gestohlen hatte.

»Warum hilfst du mir?«, fragte der goldene Hengst, doch Farah antwortete nicht. Sie spitzte die Ohren und hörte die Alarmglocken läuten.

»Wir müssen hier weg. Gleich wird es hier vor Wachen wimmeln!«

Erren folgte Farah humpelnd, als sie ihn geschickt durch die Gänge der Burg führte. Noch während sie den Weg zu den Katakomben einschlug, bremste er allerding plötzlich ab und wollte in die entgegengesetzte Richtung davon galoppieren, wobei Farah ihn überholte und sich ihm in den Weg stellte.

»Aus der Burg heraus geht es in die andere Richtung!«, wieherte sie vor Aufregung schnaufend. Ihr seid verletzt, was habt ihr denn vor?«

Doch der Räuber richtete nur vor Erschöpfung zitternd sein Schwert auf sie.

»Wage es niemals, dich in den Weg eines Hengstes zu stellen, der eine Mission zu erfüllen hat! Ich werde Eirik endlich zur

Rechenschaft ziehen für das, was er getan hat!«

Plötzlich war das zornige Wiehern einer ganzen Armee an Rittern in den Gängen zu hören, die näher kamen. Farah konnte nicht länger mit ansehen, wie Erren sein Todesurteil so billigend in Kauf nahm.

»Ihr seid verletzt! In diesem Zustand wäre es den Wachen ein Leichtes, Euch wieder in Eure Zelle zu stecken. Ihr könnt , Eirik ein andermal töten! Ihr kennt doch den Weg in das Schloss! Überrascht ihn bei Nacht und schlitzt ihm die Kehle auf – mir egal - nur lauft jetzt endlich!«

Erren warf einen letzten, gequälten Blick in Richtung des Thronsaals, bevor er an Farah vorbei in die Katakomben galoppierte. Farah eilte ihm nach und bald schon waren die Wachen außer Hörweite.

Als ihnen der erste kühle Wind der Freiheit entgegen wehte, blickten sich die beiden Flüchtigen erschöpft, aber glücklich an.

»Du hast meine Frage nicht beantwortet«, schnaubte Erren mit einem leichten Schwung von Wärme in seiner normalerweise kühlen Stimme, »Ich wollte dich töten. Warum hilfst du mir?«

»Weil ich glaube, dass sich mehr hinter Eurer kalten Fassade verbirgt, als das, was Ihr andere sehen lasst.«

Farah lächelte Erren an, schloss die Augen und hob den Kopf, um die letzte Wärme der Abendsonne zu genießen. Dann machten sich die beiden schweigend auf den Weg nach Hause.

Kapitel 10

»Täusche ich mich oder ist das wirklich Blut an dem Schwert?«, fragte Erren erstaunt, als er die Klinge vor seiner Höhle reinigte.

Als sie zurück gekommen waren, hatte Farah ihm geholfen, seine Wunden zu verarzten und es schien ihm nun etwas besser zu gehen. Sie spürte jedoch, wie ihr bei dieser Frage das Blut in den Kopf stieg.

»Sei froh, dass es nicht deines ist«, Farahs Tonfall war humorvoll, beinahe frech. Dann zitierte sie seine eigenen Worte: »'Ein Feind ist erst dann besiegt, wenn er aufgibt oder tot ist'«,

Erren schmunzelte, als er mit einem weichen Tuch über die Klinge fuhr, bis er sich darin spiegeln konnte.

»Lass mich raten, er hat von sich aus aufgegeben?«

Farah nickte mit trotzig angelegten Ohren. Na und? Was machte es für einen Unterschied?

»Also hast du nichts gelernt. Dieser Ritter wird aufstehen und dich verfolgen, sobald er wieder gerade gehen kann.«

Farah wusste nicht, was sie sagen sollte. Es entstand urplötzlich eine klaffende, schreckliche Stille im Gespräch, die geschlossen werden musste.

»Bringst du mir das Kämpfen bei?«, fragte sie dann plötzlich. Die Frage hatte ihr seit ihrer Flucht auf der Zunge gebrannt, doch erst jetzt hatte sie den Mut gefunden, sie in Worte zu fassen.

»Stuten kämpfen nicht«, schnaubte Erren konzentriert. Farah grunzte ungehalten.

»Und warum nicht?«

»Weil Stuten kein Schwert tragen sollten.«

»Ja, *warum* denn nicht?«

Empört stampfte die Stute mit den Hufen auf und schlug mit dem Schweif.

»Du benimmst dich wie ein Fohlen«, merkte Erren trocken an, ohne ihrer Bitte weitere Notiz zu schenken.

»Ihr habt mich kämpfen sehen! Ihr wisst genau, dass ich es kann! Ich brauche nur jemanden, der mir beibringt, wie ich richtig damit umgehen kann!«, sie deutete mit angelegten Ohren auf das blank polierte Schwert. Erren sah sie zuerst nur mit einer angehobenen Augenbraue an und erhob sich dann mit den Augen rollend.

»Ob du damit umgehen kannst oder nicht spielt keine Rolle. Du bist eine Stute und Stuten sollten nicht in den Kampf ziehen. Diese Diskussion ist hiermit beendet!«

Farah blickte ihm nach, als er in der Höhle verschwand. Er kehrte mit einem Teil seiner Ausrüstung auf dem Rücken zurück und trug einen Lederriemen und einen silbernen Dolch des Hauses Windmore im Maul. Er ließ beides vor Farah auf das Laub fallen und nickte dann zur Höhle hinüber.

»Pack' deine Sachen«, schnaubte er. In seiner Stimme lag plötzlich wieder dieselbe Kälte, wie am ersten Tag. »Wir müssen fort von hier! Ich denke für eine Stute wird ein Dolch wohl angemessen sein. Um alles andere werde ich mich kümmern.«

Farah band sich den Lederriemen mit dem Dolch um das Vorderbein und holte dann ihre Tasche aus der Höhle. Als sie heraus kam, stand der goldene Hengst schon zur Abreise in den Süden bereit.

»Wohin gehen wir?«, fragte sie.

»Keldor«, antwortete Erren knapp angebunden, »Ich bringe dich nach Hause. Das ist kein Ort für eine Prinzessin und mein Plan hat sich ohnehin als Reinfall entpuppt. Außerdem hat die Rauchsäule Eiriks Rittern eine etwaige Ahnung verschafft, wo mein Versteck liegt, also werde ich umsiedeln müssen.«

»Das tut mir leid.«

»Spar dir deine antrainierte Unschuldsmiene für jemanden, der darauf hereinfällt. Ich begleite dich nur nach Hause, weil du mir das Leben gerettet hast, also denke ja nicht, dass ich dich deshalb leiden kann.«

Farah warf schweren Herzens einen Blick zurück auf Errens alte Höhle, bevor sie ihm in das unbekannte Terrain folgte.

Sie marschierten den gesamten Tag in einem unheimlichen Tempo voran. Nur selten machten sie eine Verschnaufpause und noch seltener kamen sie an einem Bächlein vorbei, an dem sie etwas trinken konnten.

Bei Tagesende begann es auch noch zu regnen. Zitternd und vor Kälte röchelnd schleppte sich Farah vorwärts, doch Erren ließ keine Gnade walten.

»Wir müssen Folksmorth noch vor Sonnenuntergang erreichen. Dort habe ich einen Bekannten, der uns Unterschlupf für die Nacht gewähren kann.«

»F..F...Folksmorth? Aber das liegt im Osten? Wir hätten in

den Süden reisen müssen. Das wäre der kürzeste Weg gewesen.«

»Der kürzeste Weg ist nicht immer der Einfachste«, widersprach ihr der goldene Hengst schnippisch, »Das sollte selbst eine Prinzessin wie Ihr wissen. Wir nehmen eine Route an der Grenze des Königreiches entlang. So sind wir auf der sicheren Seite.«

Farah brach erschöpft in sich zusammen. Schnaufend versuchte sie sich wieder auf die Beine zu hieven, doch es half alles nichts. Sie konnte keinen Schritt mehr weitergehen.

Wütend stampfte Erren mit den Hufen auf, verdrehte die Augen, sah sich um und entdeckte einen schmalen Felsüberhang, der ihnen in der Nacht genug Schutz vor dem Regen bot.

»Reiß dich zusammen! Wir können die Nacht auch hier verbringen.«

Dankbar schleppte sich Farah die letzten paar Pferdelängen unter den Vorsprung und kauerte sich völlig erschöpft vor der kalten Felswand zusammen. Sie zitterte am ganzen Leib und sie fragte sich, ob die Nacht noch kälter werden würde.

Für ein Feuer gab es nach dem Regen nicht mehr genug trockenes Brennholz, weshalb sie die Nacht im Dunkeln verbringen mussten. Erren hatte sein Gepäck abgelegt und sich unter seinem wärmenden Mantel verkrochen.

Farah bibberte erbärmlich, denn sie hatte in all der Eile völlig vergessen ihren eigenen Mantel aus der Höhle mitzunehmen.

So müde sie auch war: Die Kälte hielt sie wach.

Der goldene Hengst schaute nach einiger Zeit genervt unter der Kapuze seines Mantels hervor und blickte mit verengten Augenschlitzen zu der zitternden Stute herüber. Farah wusste, dass er sie in diesem Moment am liebsten aufgeschlitzt hätte, um endlich seine Ruhe zu haben, doch stattdessen stand er nur wortlos auf, zog sich die Decke von seinem Rücken herunter und warf sie Farah über.

Die Wärme drang sofort durch ihr Fell und auf einmal begannen ihre steifen Glieder wieder an Gefühl zu gewinnen. Farah öffnete den Mund, um sich zu bedanken, da legte sich Erren hinter sie und platzierte sein Schwert auf den Vorderbeinen.

»Vergeude deine Zeit nicht immer mit Sentimentalitäten und falschen Freundlichkeitsfloskeln, Prinzessin. Das ist einfach nur reine Zeitverschwendung. Ich weiß Bescheid.«

Farah schloss den Mund wieder und schenkte ihm dafür ein dankbares Lächeln, bevor sie den Kopf auf ihre Vorderbeine legte.

Dann lehnte sie sich sachte an Errens Flanke, während sie ins Traumland hinüberglitt und davon träumte, wie ein zartes Lamm einem verwegenen Wolf einen Huf reichte und dieser ihn nach einer Weile zögerlich entgegen zu nehmen schien.

Kapitel 11

Erren rannte. Seine Beine schienen viel zu lang für seinen Körper zu sein, doch er wusste, dass er sterben würde, wenn er es wagte nach hinten zu sehen. Das Geschrei von Pferden saß ihm im Nacken und trieb ihn vorwärts. Weiter und weiter in den Wald hinein.

Feuer flackerte vor seinen Augen, als ihm das Bild seiner Eltern durch die Gedanken schwirrte, wie diese auf dem Scheiterhaufen verbrannten.

Eirik hatte sie wegen Hexerei verurteilt, weil sie ihn nicht, wie abgemacht, mit Kohle beliefert hatten. Ihre letzte Lieferung war bei der Produktion abgebrannt, weshalb sie nicht die Menge zusammen kratzen konnten, die Eirik gefordert hatte.

Erren selbst war die Flucht gelungen, dafür saßen ihm nun Eiriks Wachen auf der Hinterhand. Das junge Fohlen stolperte über eine knorrige Wurzel, die plötzlich vor ihm auftauchte, und er fiel. Spitze Tannennadeln bohrten sich in sein helles Fell.

Erschöpft versuchte er wieder auf die Hufe zu springen, konnte jedoch sein eines Bein nicht mehr bewegen. Schon bald hatten Eiriks Wachen ihn erreicht und schlugen mit ihren Schwertern auf ihn ein.

Schreiend und sich windend versuchte das Fohlen sich

unter Todesangst ihrer Übermacht zu erwehren. Die Hengste waren jedoch viel stärker als er, weshalb es dem Kleinen nicht gelang, ihnen rechtzeitig zu entkommen, bevor die ersten Schläge ihrer Klingen sein goldenes Fell zerfetzten, sein Fleisch an Hals und Flanken durchbohrten und sein Gesicht für alle Ewigkeit verunstalteten.

Blutüberströmt schleppte sich Erren vor Angst wiehernd vorwärts, als er plötzlich das Hufgetrappel eines einzelnen Pferdes vernahm, das aus dem Wald auf ihn zu galoppiert kam. Der hässliche, graue Hengst stürmte jedoch an ihm vorbei und auf einmal war das Klirren von Schwertern zu hören, die aufeinander trafen.

Der graue Hengst hatte die drei Wachen im Nu in die Flucht geschlagen, trat dann an Erren heran und stieß ihn unsanft zurück auf die Beine.

»Reiß dich gefälligst zusammen! Das sind doch nur ein paar Kratzer.«

Erren blickte den großen Apfelschimmel aus weit aufgerissenen Augen an, ohne ein einziges Wort heraus zu bekommen. Sein Retter war ein Räuber mit einem fürchterlich vernarbten Gesicht. Genervt wandte er sich ab und trottete alleine zurück in den Wald.

Erren blickte ihm nach, dann drehte er seinen Kopf ein letztes Mal zur Alvarrsburg um und folgte dem Räuber dann in den Wald hinein.

Als Erren die Augen aufschlug, schlief Farah noch immer neben ihm. Er seufzte genervt und erhob sich auf die Beine, lud sich sein Gepäck wieder auf den Rücken und blickte dann zu der Stute herüber, die sich noch immer gähnend in seinen Mantel kuschelte.

»Sonnenaufgang! Aufgestanden!«, brüllte er so laut, dass Farah mit einem Ruck auf die Beine sprang und sich mit vor Panik weißen Augen umblickte. Als sie bemerkte, dass sie nicht zu Hause war, entfuhr ihr ein verängstigter Schrei. Sie plumpste auf ihre Hinterhand und lugte dann völlig verstört unter der Kapuze von Errens Mantel hervor.

»Nun mach schon! Wir sind schon einen halben Tagesmarsch im Rückstand!«

»Müssen wir immernoch nach Folksmorth?«, gähnte Farah mit hängenden Ohren, »Jetzt müssen wir doch nirgends mehr übernachten.«

»Haben wir etwa Proviant dabei?«

Farah schüttelte den Kopf. Erren hatte recht. In Folksmorth gab es mit Sicherheit einen Markt, auf dem sie sich eindecken konnten.

Die Fuchsstute hatte schrecklichen Muskelkater, doch sie biss tapfer die Zähne zusammen, als sie schnellen Schrittes in Richtung der aufgehenden Sonne marschierten.

Sie erreichten die Stadt Folksmorth etwa zur Mittagszeit. Erren warf sich Mantel und Kapuze über und bedeutete Farah, ihm unauffällig zu folgen.

Die Gassen der Stadt waren von tüchtigem Treiben erfüllt. Händler aus allen Ecken des Königreiches priesen ihre Waren an und krakeelten um die Wette.

Farah blieb voller Erstaunen an einem Stand mit hübschen Stoffen stehen und merkte gar nicht, dass Erren einfach weiter ging.

Fasziniert schritt die Stute zum nächsten Stand, an dem es eine große Auswahl an hübschen Ketten und Spangen gab. Mit leuchtenden Augen musterte Farah eine Spange mit einer Lilie aus Elfenbein.

»Das ist ein sehr kostbares Stück, meine Dame, und äußerst teuer«, raunte der Händler, »Ich bin mir sicher, dass du dir so etwas nicht leisten kannst.«

Farah schnaubte entrüstet, zog ihren Geldbeutel aus ihrer Tasche und warf dem Händler drei Goldmünzen hin.

»Ich denke, das sollte genügen!«, erwiderte sie trotzig, nahm die Spange und ging. Der Händler starrte ihr verwundert hinterher, bevor er auf eine der Goldmünzen biss, um ihre Echtheit zu überprüfen. Als er merkte, dass sie echt war, lehnte er sich mit verengten Augen zu seinem Kollegen, einem stämmigen Kaltblut, herüber und tuschelte ihm etwas zu, bevor er seinen Laden schloss.

Farah hatte inzwischen bemerkt, dass der goldene Hengst verschwunden war und reckte ihren Kopf in die Höhe, um ihn in der Menge ausfindig zu machen.

Sie erblickte ihn schließlich einige hundert Pferdelängen vor sich. Freudig quetschte Farah sich zwischen den Leibern der vielen Pferde hindurch und verpasste Erren einen Seitenstoß, als sie ihn erreichte. Das Pferd ließ einen Eimer Wasser fallen und als es Farah den Kopf zuwandte, erkannte sie, dass es nur eine alte Stute mit grauem Haar und einem ausgelaufenen Auge war.

»Oh entschuldigt bitte vielmals, das wollte ich nicht!«

Die alte Stute hob drohend ihr Hinterbein, als Farah ihr helfen wollte.

»Immer diese Jugend von heute!«, schnaubte sie voller Missmut, »Denken wohl, sie könnten sich alles erlauben!«

Farah drehte sich verzweifelt im Kreis. Hunderte Pferde drängten sich an ihr vorbei, stießen sie und schubsten sie von

Seite zu Seite. Farah rettete sich an den Rand der Menge und schnaufte erschöpft, als sie bemerkte, dass sie von zwei Hengsten beobachtet wurden, die in einiger Entfernung rechts und links von ihr standen.

Farah ging ein paar Schritte rückwärts und stieß mit ihrer Hinterhand gegen die Hauswand einer Taverne. Erschrocken sprang Farah zurück in die Menge und ließ sich mit der Masse Richtung Marktausgang treiben. Doch ihre Verfolger blieben ihr dicht auf den Fersen.

Als die Menge um Farah sich lichtete, sah sie sich panisch um. Von Erren war noch immer keine Spur. Vor Angst schnaufend, sprang sie um die Ecke eines Hauses und rannte dort direkt in den Kollegen des Verkäufers hinein, der sie an der Mähne packte und sie gegen die Hauswand presste.

Der Verkäufer kam langsamen Schrittes auf sie zu und hob die Klappe ihrer Reisetasche an.

»Soso, haben wir hier eine Besucherin aus der höheren Arbeitsschicht? Diese Tasche ist von äußerst hochwertiger Handwerkskunst. Und dann seid Ihr auch noch alleine, so ein Pech aber auch!«

Farah erinnerte sich an den Dolch, den sie an ihrem Vorderbein trug, riss ihn aus der Halterung und zog ihn dem Verkäufer einmal quer durchs ganze Gesicht. Mit einem panischen Aufschrei wich der Hengst zurück und es gelang Farah, sich von dem massigen Kaltblut loszureißen.

Wie der Wind raste sie davon, immer am Rande der Stadt entlang.

»Schnapp sie dir!«, hörte sie den Verkäufer rufen. Das Hufgetrappel hinter ihr wurde lauter. Verzweifelt versuchte Farah, die beiden abzuschütteln, doch sie kannten sich in der

Stadt weitaus besser aus als sie und schnitten ihr mehrere Male den Weg ab.

Als Farah durch eine lange Gasse galoppierte, sprang plötzlich ein Pferd aus einer Seitenstraße, packte sie an der Mähne und zog sie zu sich. Erleichtert erkannte Farah, dass es Erren war.

»Halt den Mund!«, knurrte er äußerst wütend, als er Farah von sich stieß und dann verstohlen um die Ecke lugte.

Die beiden Verbrecher standen in der Gasse und begannen, die Seitenstraßen nach der Stute abzusuchen.

»Komm mit und dieses Mal bleibst du gefälligst hinter mir!«

Farah senkte betreten den Kopf und trottete hinter Erren her, der sie zielsicher durch die verwinkelte Stadt führte.

Farah hatte ein furchtbar schlechtes Gewissen.

Errens Ohren waren, seit er sie gefunden hatte, wie nach hinten genagelt gewesen. Er hatte sie die ganze Zeit über nicht einmal angesehen und er hatte sich auch nicht ein einziges Mal vergewissert, ob sie ihm noch folgte.

Farah unterdrückte ein paar Tränen. Vielleicht war es doch keine gute Idee gewesen, sich dem Räuber auf der Heimreise anzuschließen.

Innerhalb eines Tages war sie mehrere Male knapp dem Tode entgangen, war halb erfroren, hatte Hunger, Durst und schreckliche Schmerzen.

Farah musste sich eingestehen, dass das wohl der größte Fehler ihres gesamten Lebens gewesen war.

Kapitel 12

Erren führte Farah zu einer heruntergekommenen Sattlerei, aus deren Fenster ein junges Fohlen heraus blickte und sofort den Kopf herein zog, als es Erren erblickte.

»Was wollen wir hier?«, schnaubte Farah neugierig. Erren musterte sie skeptisch, nahm die Kapuze ab und trat dann zur Tür herein.

»Du brauchst eine ordentliche Ausrüstung, sonst wirst du es auf der langen Reise äußerst schwer haben.«

Farah folgte dem goldenen Hengst in die Stube hinein, wo ein großer, leichter Kaltblüter an einem Tresen stand und Erren mit einem freudigen Lächeln empfing.

»Erren!«, das Fohlen vom Fenster kam angerannt und presste sich an die Brust von Farahs Begleiter. Zum ersten Mal, seit sie ihm begegnet war, sah Farah, wie der sonst so steinerne Hengst übers ganze Gesicht lächelte.

»Na, Rona? Hast du fleißig mit deinem Holzschwert geübt?«

Rona, die junge, braune Stute mit einem winzigen Stern auf der Stirn nickte stolz. Erren zauste ihr liebevoll durch den Schopf und hob dann den Kopf, um mit ihrem Vater zu sprechen.

»Was kann ich für dich tun, Erren?«

»Guten Tag, Barik. Diese junge Dame braucht einen Funktionsgurt. Wie lange wirst du in etwa brauchen?«

»Vielleicht vier, fünf Stunden? Je nach Ausführung. Für was wird er denn gebraucht?«

»Eine lange Wanderung, Proviant, Schwert, Seitentasche...«

»Ein Schwert? Für eine Stute? Nun ja, du wirst deine Gründe haben. Standard also, ich verstehe.«

Barik trat mit einem Maßband an Farah heran und nahm ihren Torsoumfang und ihren Brustumfang, dann ging er zu einem Regal mit Leder in den verschiedensten Farben.

»Hat die Dame besondere Wünsche für die Farbe? Schwarz? Braun? Mahagoni?«

Farah trat zu ihm und ließ ihren Blick durch die Regalfächer gleiten. Ein sehr dunkler Braunton mit einem ganz leichten roten Stich stach ihr dabei besonders ins Auge.

»Wenge. Eine gute Wahl, es passt zu Ihren Augen, werte Dame.«

Farah schoss vor Verlegenheit das Blut in den Kopf, als der leichte Kaltblüter die Lederrolle aus dem Regalfach zog. Er ging damit zu einem Schneidertisch und begann, die Teile für Farahs Gurt auszuschneiden.

Farah und Erren warteten geduldig, während Barik konzentriert arbeitete. Rona kam nach einiger Zeit wieder, um sich mit Erren zu balgen und so vertrieben die Wartenden sich jede Minute. Für Farah war die Zeit beinahe eine Folter.

Doch nach einigen Stunden legte Barik Farah den nagelneuen Gurt endlich an, um ein paar letzte Abmessungen für die perfekte Positionierung der Gurtlöcher vorzunehmen. Und schließlich war das Werk vollbracht.

Farah betrachtete sich mit leuchtenden Augen im Spiegel und sie konnte sich in diesem Moment nicht vorstellen, dass sie eine hübsche Kette oder ein neues Kleid jemals glücklicher gestimmt hätte.

Die feinen Muster, die Barik in das Leder gekerbt hatte, waren so detailreich und kunstvoll, dass Farah sich am liebsten stundenlang vor dem Spiegel betrachtet hätte.

Erren legte Barik zehn Gulden auf den Tresen und wandte sich zum Gehen.

»Zehn Gulden, Erren?«, hauchte Barik jedoch mit weit aufgerissenen Augen, »Der Gurt ist keinen ganzen Gulden wert!«

»Du wirst es brauchen, um deine Sattlerei herzurichten«, schnaubte Erren leise, als er sich die morschen Fensterläden ansah, von denen bereits die Farbe abbröckelte.

Barik sprang nach vorne und drückte seinen Kopf mit Tränen in den Augen an Errens Schulter.

»Das habe ich nicht verdient, Erren! Du hast so viel für mich getan, das habe ich nicht verdient!«

»Sorge dafür, dass Rona eine ordentliche Ausbildung bekommt! Sie braucht dich jetzt mehr, als je zuvor.«

Barik nickte und blinzelte sich die Tränen aus den Augen. Rona stand an seiner Seite und blickte aus großen Augen zu Erren auf.

»Die Pest holt sie alle irgendwann...«, schnaubte Barik leise und drückte seine Tochter fest gegen seine Brust. Farah gefror das Herz im Leibe, als sie begriff, dass diese beiden alles verloren haben mussten. Sie hatte vom Ausbruch der Pest gehört, doch sie hatte sich nie wirklich Gedanken darüber gemacht, dass die Krankheit ganze Familien auseinander gerissen hatte.

»Passt gut auf euch auf!«, schnaubte Erren, dann warf er sich die Kapuze wieder über und verließ die Sattlerei seines Freundes.

Farah folgte Erren über den Markt. Dieses Mal heftete sie sich hartnäckig an seine Hinterhand. Plötzlich schob sich der goldene Hengst eng an einem Stand mit Obst und Gemüse vorbei, griff sich blitzschnell einen Bund Möhren und ließ ihn in seiner Manteltasche verschwinden. Beim nächsten Stand packte er sich zwei Äpfel und eine Birne ein.

Die Händler waren so beschäftigt, ihre Waren anzupreisen, dass sie den dreisten Diebstahl gar nicht bemerkten.

Radieschen, Rote Beete, Petersilie. Alles glitt in die Taschen des gewieften Räubers. Für Proviant war also zur Genüge gesorgt.

Farah kaufte sich auf dem Markt noch einen neuen Mantel, damit sie die Erinnerungen der letzten Nacht nicht noch einmal auffrischen musste.

Bei Anbruch der Dunkelheit waren sie bereits auf der Weiterreise zur Grenze des Keldor-Reiches.

Erren legte wieder an Geschwindigkeit zu und schließlich trabten sie im flotten Tempo weiter in Richtung Süden, bis sie eine Höhle erreichten, vor der Erren endlich stehen blieb.

»Das wird unser Lager für die Nacht sein. Es gibt hier Töpfe und trockenes Feuerholz, außerdem ist es vor Regen und Sturm geschützt. Ich habe einige sehr dunkle Wolken aufziehen sehen.«

Farah blickte zum Himmel und erkannte, was Erren prophezeit hatte. Eine riesige Wolke türmte sich mehrere dutzend Furchenlängen in den Himmel und in der Ferne war Donnergrollen zu hören.

Als Farah in die Höhle kam, war Erren bereits dabei, ein Feuer zu entzünden.

»Kennt Ihr diese Höhle?«

»Ja«, antwortete Erren, »Sie gehörte einem Freund.«

»Einem Freund?«, fragte Farah neugierig. Erren pustete sein Flämmchen an und legte mehr Heu und Holz auf die Feuerstelle. Schließlich erhob er sich und seufzte.

»Du wirst nie aufhören, Fragen zu stellen, oder?«

Farah wusste nicht recht, was sie sagen sollte. Sie wollte Erren auf keinen Fall reizen oder gar auf die Nerven fallen, aber seit er sie begleitete, schossen ihr sekündlich tausend neue Fragen durch den Kopf.

Wo kam er her? Wieso war er zum Räuber geworden? Warum hatte er so viele Pferde ermordet? Und warum hatte er dem armen Sattler so viel Geld hinterlassen? War er am Ende vielleicht doch eine Art Robin Hood? Vielleicht hatte ihr Buch einige Antworten auf ihre Fragen.

Farah öffnete ihre neue Reisetasche, die an ihrem Gurt hing und zog das Buch heraus. Sie schlug es dort auf, wo sie das letzte Mal aufghört hatte, nur, um noch mehr Skizzen von den fürchterlichsten Tatorten zu sehen, die ihr je untergekommen waren.

Mit einem Anflug von Entsetzen blickte sie zu dem goldenen Hengst auf, der einen Topf Wasser von draußen herein trug und ihn auf die Feuerstelle setzte. Er warf das gestohlene Gemüse hinein und begann, eine Suppe zu kochen.

Irgendwo in diesem Buch musste doch noch etwas anderes über ihn stehen als die Tatsache, dass er so viele Morde begangen hatte. Irgendetwas musste doch darauf deuten, dass Erren auch hilflose Bürger unterstützt hatte. Doch sie suchte vergeblich.

Das Buch endete mit einem Bericht über den enthaupteten Herzog von Carraigeer. Farah seufzte resigniert auf. Erren bemerkte jedoch sofort, dass etwas nicht stimmte.

»Was liest du da?«, fragte er. Plötzlich blieb Farah ein Kloß im Halse stecken. Was sollte sie ihm sagen? Dass sie alles über seine gesamten Verbrechen wusste? Dass sie ihn fürchtete? Dass sie jede Sekunde lang Angst hatte, dass er sie genau so zurichten konnte, wie diese armen Pferde auf den Zeichnungen?

Doch es war zu spät. Erren hatte eine der Zeichnungen erblickt und riss Farah das Buch mit einem zornigen Schnauben unter der Nase weg.

»Ist ja nicht zu fassen!«, wieherte er erbost, als er die ersten Seiten des Buches durchblätterte.

»Gib das zurück!«, schrie Farah zornig, doch Erren stieß sie nur grob zur Seite, als sie sich das Buch zurück holen wollte.

»Du liest ein Buch, das von Eiriks Schreiberlingen verfasst wurde! Und du glaubst den ganzen Unsinn, der darin steht wahrscheinlich auch noch, nicht wahr?«

Erren starrte Farah direkt in die Augen und als er merkte, dass sie zögerte, schleuderte er das Buch mit voller Wucht in die Flammen des Lagerfeuers. Schreiend versuchte Farah das Buch aus den Flammen zu retten, doch Erren hielt sie zurück.

»Warum hast du das getan?«, schrie Farah ihn an. Mit einem Mal waren Errens Züge wieder genau so kalt, wie am Anfang.

»Du glaubst doch nicht etwa, dass ich zulasse, dass solche Lügen über mich verbreitet werden!«

»Also hast du keine Fohlen niedergestochen?«, schrie Farah

mit Tränen in den Augen, »Du hast also all diese Morde nicht begangen?«

Erren schwieg. In seinen Augen lag eine Mischung von unsagbarer Trauer, Reue und Enttäuschung. Farah schnaubte erbost auf und packte ihre Sachen.

»Wo willst du hin?«, wieherte Erren ihr nach, doch dieses Mal war es Farah, die ihm nicht antwortete. Sie entzündete ein langes Stück Holz an dem Lagerfeuer und stapfte dann hinaus in den tosenden Gewittersturm.

»Farah!«, rief Erren ihr nach, doch sie ignorierte ihn. Sie würde den kürzesten Weg nach Keldor auch alleine finden. Sie brauchte keinen launischen Killer an ihrer Seite, der ihr jegliche Lebenslust vermieste.

Als Farah jedoch eine halbe Furchenlänge, also etwa fünfhundert Pferdelängen, zurückgelegt hatte, blieb sie stehen. Ihre Ohren hatten ein Geräusch geortet.

Leise knisternd bewegte es sich auf sie zu. Farah ging rückwärts, doch nun konnte sie auch ein Knurren hören.

Plötzlich trat eine kleine Gestalt mit gelb glühenden Augen aus der Dunkelheit hervor. Hinter ihr begannen mehr und mehr gelbe Augenpaare in der Dunkelheit aufzuleuchten. Ein Blitz zuckte über den Himmel und erhellte die Lichtung, auf der Farah stand. Der Schock fuhr ihr in die Glieder, als sie erkannte, wie dumm sie doch gewesen war.

Farah war von einem Wolfsrudel mit mindestens dreißig Tieren umzingelt, die sich zähnefletschend die Lefzen leckten.

Farah hatte keine Möglichkeit zur Flucht. Doch was noch viel schlimmer war – Sie trug nur ihren winzigen Dolch bei sich.

Kapitel 13

Farah blickte dem Alphawolf direkt in die Augen und spürte, wie ihr Herzschlag immer schneller wurde.

Nicht bewegen, dachte sie sich, doch ihre Beine juckten schrecklich. Sie wollte fliehen, doch sie wusste, dass sie durch eine ruckartige Bewegung ihr Todesurteil unterschreiben würde. Farah atmete tief durch.

Was würde Erren jetzt tun?, dachte sie. In diesem Moment fiel es Farah wieder ein. Grindor hatte ihr davon erzählt, wie man einen Wolf am besten beeindruckte. Man senkte den Kopf und hob den Schweif an, dann brüllte man so laut man konnte und entweder der Wolf wich zurück, oder er griff an.

Das Rudel war groß genug, Farah binnen Sekunden in einen Haufen dampfenden Fleisches zu verwandeln. Doch dann fiel Farah ein, dass Wölfe Feuer fürchteten. Und sie trug schließlich eine Fackel bei sich.

Doch nun hatte sie zu lange gewartet. Der Alpha gab das Signal zum Angriff und plötzlich stürzten sich über ein Dutzend Wölfe gleichzeitig auf sie. Farah gelang es, einige von ihnen von sich zu schleudern oder mit ihren Hufen von sich zu treten, doch zwei oder drei gelang es, sich in ihren Beinen zu verbeißen.

Farah warf sich seitlich gegen einen Baum und zerschmetterte den Schädel eines Wolfes, der an ihrer Flanke hing. Sein schlaffer Körper glitt lautlos zu Boden. Er war sofort tot.

Zwei weiteren Wölfen versengte sie das Rückenfell, sodass diese jaulend in die Nacht hinaus flohen.

Doch es schienen immer mehr Wölfe nachzukommen.

Der Regen wurde stärker und Blitz und Donner folgten Schlag auf Schlag.

Farah war erschöpft und müde von dem langen Tag und bald schon begannen ihre Kräfte zu schwinden.

Wo war nur Erren, wenn sie ihn brauchte? Doch er kam nicht. Er musste das Wolfsgeheul bis zur Höhle gehört haben, aber er eilte ihr nicht zur Hilfe.

Er ist mir nichts mehr schuldig, dachte Farah mit einem grauenhaften Gewissensbiss. Erren hatte sie heute vor dem Händler und seinem Kollegen gerettet. Damit waren sie quitt gewesen.

Ein Wolf sprang auf Farahs Rücken und riss ihr den Widerrist auf. Die Stute warf sich auf den Rücken und streckte blitzschnell die Beine von sich, als die Wölfe sich auf ihren Bauch stürzen wollten. Fünf Wölfe wurden durch ihren Angriff davon geschleudert, zwei von ihnen blieben reglos liegen und einem weiteren hing der Kiefer schief am Maul herunter.

Farah sprang auf und schleuderte die Fackel in eine Gruppe Jungwölfe, die mit eingezogenen Schwänzen flohen. Nun waren nur noch etwa zehn Tiere um sie herum und Farah zog ihren Dolch, um es mit dem Alpha aufzunehmen.

Das riesige Tier umkreiste sie mit gesenktem Kopf. Sein silbernes Fell schimmerte jedes Mal gespenstisch auf, wenn ein Blitz die Nacht erhellte.

Mit einem Mal sprang er sie an, doch Farah hatte nur darauf gewartet. Sie hieb dem Wolf den Dolch in die Seite und traf seine lebenswichtigen Organe.

Der Alpha stürzte zu Boden und kroch vor Schmerzen wimmernd vorwärts. Er fletschte die Zähne und starrte Farah aus hasserfüllten, gelben Augen an. Sein Rudel hatte sich mit eingezogenen Schwänzen in die Dunkelheit zurückgezogen, als es bemerkt hatte, dass ihr Alpha tödlich verwundet war.

Farah war sich nicht sicher, ob sie den Wolf nun besiegt hatte. Er würde unweigerlich sterben, doch er konnte noch laufen. Er verlor zwar viel Blut, trotz dessen er sich noch einmal aufrappelte und sich Farah mit gefletschten Zähnen gegenüberstellte.

»Erren hatte recht«, murmelte Farah, »'Ein Feind ist erst dann besiegt, wenn er aufgibt oder tot ist.'«

Farah schloss die Augen und stellte ihre Angst und ihre Sympathien für die Wesen des Waldes in den Hintergrund. Dieser Wolf wollte sie fressen und dafür bis zu seinem Tode kämpfen? Wenn es sein Recht war, sie zu töten, um zu überleben, dann war es ihres ebenso.

Farah sprang auf den Wolf zu und rammte ihm ihr Messer in den Schädel.

Die graue Kreatur sackte stöhnend in sich zusammen. Seine Hinterpfote zuckte leicht, als Farah ihm den Dolch aus dem Schädel zog und diesen dann erschrocken fallen ließ.

Das Rudel floh, als ihr Alpha besiegt war, doch Farah fühlte sich nicht stolz auf das, was sie getan hatte. Sie hatte mindestens sieben Wölfe abgeschlachtet, getötet.

Sie hatte noch nie einem Tier etwas zuleide getan und sie hatte sich immer für Wölfe interessiert. Sie hielt sie für wundervolle, majestätische Wesen. Könige der Räuber...

»Nicht schlecht gekämpft, Prinzessin!«

Farah riss den Kopf herum und sah Erren in einiger Entfernung stehen. Wie lange hatte er sie schon beobachtet?

»Es scheint, als hättest du deine Lektion endlich gelernt. Jetzt wird es Zeit für die nächste!«

Erren warf Farah ein Schwert vor die Hufe. Die Stute atmete schwer.

»Ich dachte, Ihr hättet gesagt…«

»Du denkst eindeutig zu viel. Jetzt reiß dich zusammen und komm mit! Wir werden für ein paar Tage hier verweilen, bis du weiter reisen kannst.«

Farahs Beine schmerzten schrecklich. Erren lud sich zwei der toten Wölfe und den Alpha auf seinen Rücken und trug sie mit Farah an seiner Seite zur Höhle zurück.

»Was habt Ihr mit ihnen vor?«, fragte Farah, die sich neben die Feuerstelle gelegt hatte, als Erren sie in einer Ecke der Höhle ablegte und ein Messer holte.

»Wir werden die Felle verkaufen, wenn wir in Errendale ankommen. Bis dahin werden sie uns warm halten.«

Farah sah nicht hin, als Erren den toten Wölfen die Felle abnahm und sie am Höhleneingang zum Trocknen aufhängte.

Nach einer Weile trat der goldene Hengst an die Fuchsstute heran und legte etwas zwischen ihre Vorderbeine. Es war ein Fangzahn, der auf einem Lederriemen aufgefädelt war.

»Behalte es. Einen Teil des ersten besiegten Feindes bei sich zu tragen bringt dir Glück.«

Farah musterte den spitzen Zahn des mächtigen Wolfes, den sie besiegt hatte. Ihr erster Feind, den sie in einem ehrlichen Kampf besiegt hatte.

Sie hatte niemals gewusst, zu was sie alles imstande war.

Bevor sie entführt wurde, hatte sie nicht einmal daran geglaubt, jemals in einen Kampf zu geraten.

Sie hatte für sich selbst gekämpft und sie hatte sich wacker geschlagen. Nun spürte Farah doch, wie ein kleiner Funke Stolz in ihr entflammte.

Erren legte sich zu ihr und schob ihr die zwei Äpfel herüber, die sie auf ihren Reisen gesammelt hatten.

Der goldene Hengst tauchte ein Leinentuch in den Eimer Wasser, den er zuvor hereingebracht hatte und begann damit Farahs Wunden zu säubern.

»Die Wunden sind nicht besonders tief, aber das wird Narben geben«, schnaubte Erren leise. Farah schloss die Augen und versuchte den Schmerz zu ignorieren, der ihr durch jedes einzelne Glied pochte, jetzt, nachdem ihre Aufregung verflogen war.

»Warum erzählt Ihr mir nicht, was wirklich passiert ist?«, fragte sie. Erren tupfte weiter schweigend die blutigen Stellen in ihrem Fell sauber.

»Erren? Wir reisen schon so lange zusammen. Wir sollten etwas mehr über uns erfahren.«

»Findest du? Du weißt doch schon genug über mich!«

»Ihr meintet doch, dass die Geschichten gefälscht seien!«

»Eine gute Lüge besteht zum größten Teil aus der Wahrheit. Nur so wirkt sie glaubhaft. Urteile niemals aus der Ferne über ein Pferd, dessen Beweggründe du nicht kennst, Prinzessin!«

Farah verstand nicht recht. Also hatte in dem Buch doch die Wahrheit gestanden? All die schrecklichen Taten waren tatsächlich von Erren begangen worden?

»Aber warum?«, fragte sie verwirrt.

»Du beginnst langsam, die richtigen Fragen zu stellen.«

Erren stand auf und wusch den blutigen Lappen aus, dann kramte er eine flache Flasche aus seiner Reisetasche und goss ihren Inhalt über Farahs Wunden. Scharfer Alkoholgeruch stieg ihr in die Nüstern und ein schreckliches Brennen fuhr durch ihren gesamten Körper.

Erren deckte sie mit ihrem Mantel zu und schob ihr eine flache Schale mit Wasser hin.

»Schlaf nun. Wir haben morgen viel zu tun.«

Als der goldene Hengst sich abwandte meinte Farah etwas an ihm zu bemerken, das sie die ganze Zeit über nicht an ihm beobachten konnte.

Fürsorge. Verwundert blickte Farah auf das wundervolle Schwert, das neben ihr lag und die Flammen des Feuers wiederspiegelte. Und auf einmal überkam es sie, dass diese Reise vielleicht doch nicht der größte Fehler ihres Lebens gewesen war. Stattdessen begann sie an der Herausforderung zu wachsen und mehr Vertrauen in sich selbst zu gewinnen. Und sie erfüllte sich einen Traum, der sie seit ihren Fohlentagen begleitet hatte.

Sie war endlich frei!

Kapitel 14

Farahs Klinge stieß klirrend mit der von Erren zusammen. Das scharfe Geräusch durchschnitt die Luft wie ein heller Blitz. Errens Schwertführung war gnadenlos und hart und er gewährte Farah keine Sekunde Pause. Zum fünften Mal seit Beginn ihrer ersten Lektion im Schwertkampf flog ihr das Schwert aus dem Maul und Erren stellte sie.

Er war noch nicht einmal ins Schwitzen geraten. Farah war deprimiert.

»Na? Gefällt es Euch, gegen eine Stute zu gewinnen, die keine Erfahrung im Schwertkampf hat?«

»Es ist amüsant zu sehen, wie wenig Vertrauen du doch in deine Schlagkraft hast, nachdem du gestern Nacht den Schädel eines Wolfes mit einem Dolch durchbohrt hast«, schmunzelte Erren verwegen.

»Aber ich kann Euch nicht im Schwertkampf besiegen, wenn Ihr mir keine Chance lasst!«, schnaubte Farah trotzig und hob ihr Schwert vom Boden auf. Erren stieß die Klinge seines Schwerts vor sich in die Erde. Und neigte den Kopf, um direkt auf Farahs Augenhöhe zu sein.

»Ein Feind wird dich ebenso wenig schonen, wenn du in einen Kampf gerätst, also werde ich dich gar nicht erst daran gewöhnen. Und jetzt reiß dich zusammen und versuche es noch einmal!«

»Aber das ist nicht fair!«, schnaubte Farah verbittert, »Ihr seid Erren, der Räuberkönig! Kein Pferd hat Euch je besiegt!«

»Wenn du es schaffst, mich ernsthaft aus der Puste zu bringen, dann können sich deine zukünftigen Angreifer auf etwas gefasst machen. Also los jetzt!«

Mit neuem Mut richtete sich Farah mit ihrem Schwert im Maul auf und schlug auf Errens Schwert ein. Erren sprang zur Seite und dann nach vorn und stieß seine Stirn gegen ihre Wange. Die Stute ließ vor Schreck das Schwert fallen und trat Erren dann vor Wut schnaubend in die Seite. Der Hengst wurde zwar eine Pferdelänge zurück gestoßen, schaffte es aber, Farah erneut zu stellen.

»Komm schon, Prinzesschen, da geht noch mehr!«, lachte er. Farah hob ihr Schwert auf und stürmte erneut auf den goldenen Hengst los. Erren machte einen kleinen Schritt zur Seite, was zur Folge hatte, dass Farah an ihm vorbei flitzte und gegen einen Baum knallte.

Murrend erhob sie sich und schüttelte den Kopf. Sie sah nur noch Sternchen und dann bemerkte sie, wie Erren sie eiskalt auslachte.

»Dein Kampfstil ist wirklich äußerst interessant. Aber ich habe auch nichts anderes von einer Prinzessin erwartet!«, schnaubte er. Farah verengte die Augen zu Schlitzen und schüttelte sich äußerst gereizt eine Strähne von der Stirn. Sie war keine Prinzessin. Zumindest jetzt nicht mehr. Und wenn er es wagte, sich über sie lustig zu machen, dann musste sie ihm eben zeigen, dass sie sehr wohl kämpfen konnte.

Mit einem zornigen Wiehern sprang Farah wieder auf und schlug wie besessen mit ihrem Schwert auf Erren ein. Locker und mit fließenden, langsamen Bewegungen wehrte er jeden einzigen ihrer kraftvollen, energiegeladenen Schläge ab.

»Komm schon, Prinzesschen, solche Übungen macht ein Räuber vor dem Schlafengehen!«, stichelte er sie weiter an.

Als Farah noch heftigere Schläge auf ihn niederregnen ließ, senkte er sein Schwert rechtzeitig, sodass Farahs klinge ihr Ziel erneut verfehlte und sie wie ein wütender Stier im Stierkampf an ihm vorbei stürzte.

»Nicht so energisch, Wut bringt dich um deine Konzentration...«

Erren drehte sich um und wehrte sich überrascht gegen einen weiteren Schwerthieb von Farah, die zwar an ihm vorbeigestolpert war, aber nicht innegehalten hatte, wie Erren es erwartet hätte. Die Stute war hinter ihm sofort wieder herum gesprungen und hatte einen weiteren Angriff gewagt.

Ihre Klingen stießen mit solch enormer Wucht aufeinander, dass Funken stoben. Quietschend ratschten die scharfen Kanten aneinander entlang, als die Fuchsstute mit angelegten Ohren und Feuer in den Augen ihr Schwert dabei zum ersten Mal im Maul behalten hatte.

»Nennt mich noch einmal Prinzessin und ich schwöre, ich werde Euch weh tun!«, schnaubte sie mit Feuer in den Augen. Ihr schnauben war so zornig, dass Erren schmunzeln musste.

»Na, das würde ich zu gerne sehen, Mylady!«

Errens letzte Worte hatten Farah nun den Rest gegeben. Der Schweiß rann ihr bereits an den Schultern herab, doch ihre Wut ließ sie ihre Erschöpfung völlig vergessen, stattdessen täuschte Farah einen Schwerthieb an, wich dann jedoch in die andere Richtung aus. Und auf einmal schien alles wie in Zeitlupe zu laufen.

Erren war auf Farahs Täuschung eingegangen und hatte sein Schwert zur Abwehr in die richtige Position gezogen. In diesem Moment sprang Farah nach vorne, rammte Erren in die Seite, trat ihm in derselben Bewegung mit den Hinterläufen das Schwert aus dem Maul und brachte ihn dann mit einem weiteren Stoß zu Fall. Farah hob ihr Schwert zum Todesstoß und rammte es direkt vor Errens Kehle in die Erde.

»Nenn mich noch einmal Prinzessin, du Schuft!«, schnaufte sie wütend und erschöpft und trat dann vor Erren zurück, der sich schweigend erhob und das schmutzige Laub von seinem schweißnassen Fell abklopfte.

»Nicht schlecht für den Anfang!«, schnaubte er, »Du hast dir ein paar Tricks abgeschaut. Das ist gut!«

»Nicht schlecht für den Anfang?!«, schnaubte Farah erbost, »Ich hätte Euch töten können!«

»Hast du aber nicht, oder?«, schnaubte Erren im Vorbeigehen, »Du hast deinen Zorn Überhand gewinnen lassen. Wenn wir es schaffen, die Energie deines Zorns auf die wichtigen Dinge im Kampf zu fokussieren, dann wärst du wohl eine der talentiertesten Schwertkämpferinnen, die ich kenne.«

Farah schnaubte bescheiden, doch Erren warf ihr nur einen belustigten Seitenblick zu. Er hatte ja recht. Nicht viele besiegten einen kampferprobten Räuber am ersten Tag ihrer Ausbildung. Und schon gar keine Stuten!

Tag für Tag gelang es Farah besser, sich auf den Kampf zu konzentrieren. Erren stichelte sie weiterhin mit Absicht an, doch schon nach wenigen Lektionen ließ Farah sich davon nicht mehr aus der Fassung bringen.

Sie kämpfte mit solch einer grazilen Anmut und doch zugleich mit so viel Feuer im Herzen, dass Erren zutiefst fasziniert war. Sie lernte unheimlich schnell und sie kämpfte, wie sonst nur Hengste kämpften, wenn es um ihre Ehre ging.

Farah war eindeutig die verwunderlichste Königstochter, die Erren je zu Gesicht bekommen hatte.

»Wer seid Ihr eigentlich?«, fragte die Stute, als sie eines Abends am Lagerfeuer saßen. Erren blickte von seiner Suppenschale auf und ließ ein Ohr herunterhängen.

»Ich bin Erren. Oder was meinst du?«

»Ich meine, wer wart Ihr, bevor Ihr ein Räuber wurdet? Ihr wollt mir doch nicht erzählen, dass Ihr schon in einer Räuberfamilie zur Welt gekommen seid!«

Erren schob die Schale von sich weg und zögerte für einen Augenblick, dann seufzte er und blickte an die hell erleuchtete Höhlendecke.

»Köhler. Meine Familie lebte vom Kohlenhandel. Ich wurde in Carraigeer geboren, doch sie konnten mehrere Wochen lang keine Kohlen an Eirik liefern, weil ihre Ware bei der Herstellung mehrfach hintereinander abgebrannt ist. Das passiert eben manchmal. Und da ein Gesetz seines Vaters Eirik verbietet, Lieferanten bei Nichtlieferung hinzurichten, klagte er sie stattdessen der Hexerei und des Paktes mit dem Teufel an und ließ sie auf dem Scheiterhaufen verbrennen.«

Farah stand der Schock ins Gesicht geschrieben, als sie ebenfalls ihre Suppenschale von sich schob. Ihr war der Appetit vergangen.

»Wie konnte er das tun? Ich meine, er musste doch huffeste

Beweise für seine Anklage haben!«

»Ich war der Beweis!«, schnaubte Erren und erhob sich. Er kniff die Augen zusammen und schüttelte den Kopf, als müsse er schreckliche Bilder vor seinem geistigen Auge verdrängen.

»Ich wurde geboren, kurz bevor meine Eltern heirateten«, schnaubte er mit Schmerz in der Stimme, »Ich war ein uneheliches Fohlen und wurde auch deshalb in Carraigeer von vielen nie richtig akzeptiert. Die anderen Fohlen verspotteten mich und bewarfen mich mit Steinen und Stöcken, sobald sie mich sahen.«

»Ich verstehe, wie man sich fühlt, wenn man anders ist, als andere es von einem erwarten«, schnaubte Farah, »Ich wollte immer frei sein und mit den Hengstfohlen kämpfen üben, während meine großen Schwestern mit Büchern auf den Köpfen übten, wie man vornehm am Volk vorbei schreitet. Ich war immer der Wildfang in einer Familie, in der das Leben einer einzelnen Stute nur die Allianz wert ist, in die man sie hineinheiraten kann, sobald sie bereit ist Fohlen zu zeugen.«

Erren blickte auf Farah herab und trat dann näher, um ganz kurz mit seinen weichen Nüstern ihre Stirn zu berühren.

»Willst du wirklich dorthin zurück?«, fragte er. Farah legte den Kopf auf ihre Vorderbeine und seufzte tief.

»Ich weiß es nicht. Das war mein Leben, seit ich denken kann. Aber wenn ich zurück kehre, wird alles wieder genau wie früher sein.«

Erren legte sich neben sie und warf ihr ihren Mantel über.

»Du kannst dich immer noch anders entscheiden. Du bist jetzt eine Kämpferin.«

Farah schloss die Augen und tat so, als würde sie schlafen, doch sie war so nachdenklich. Nach wenigen Minuten spürte sie, wie auch Errens Atem flacher ging. Doch sie wusste nicht, was sie tun sollte. Sie war hin und hergerissen zwischen zwei Welten, die sie niemals vereinen können würde.

Kapitel 15

Farah träumte in dieser Nach äußerst schlecht. Sie erwachte, in Schweiß gebadet, und bemerkte, dass Erren nicht mehr neben ihr lag. Ein Teil ihrer Ausrüstung war zusammen gepackt und stand zur Abholung bereit.

Erren polierte und schliff die Schwerter vor der Höhle, als Farah nach draußen trottete.

»Du hattest Albträume«, bemerkte Erren, als sie sich ihm von hinten näherte. »Ich werde dich bis nach Errendale begleiten. Dort kannst du dich immer noch entscheiden, ob du nach Hause möchtest.«

Farah schritt um ihn herum und beobachtete interessiert, wie Erren den Schleifstein über die Klinge ihres Schwertes zog.

»Willst du es versuchen?«, fragte er nach einer Weile. Farah nickte mit leuchtenden Augen, als Erren ihr den Schleifstein reichte.

»Du musst ihn kräftig aufdrücken, aber nicht zu fest und ihn ganz flach angelegt an der Seite der Klinge entlang ziehen.«

Erren schob ihren Kopf mit seinen Nüstern vorsichtig von

Seite zu Seite, bis Farah die richtige Bewegung von alleine ausführte.

»Ich kann immer noch nicht fassen, dass du mir wirklich beigebracht hast, wie ich mit einem Schwert umgehen muss.«

»Ich sagte zwar, dass Stuten keine Schwerter tragen sollten. Aber Ausnahmen bestätigen schließlich die Regel«, schnaubte Erren freundlich, »Und diese Ausnahme habe ich eindeutig nicht bereut.«

Farah blickte auf und grinste den Räuber verschmitzt an. Er schnaubte jedoch nur herablassend und wendete sich dann ab, um in die Höhle zurück zu trotten.

Farah lachte in sich hinein. Er mochte sie. Das wusste sie ganz genau. Er war nur zu stolz, es sich einzugestehen.

Farah packte ihr Schwert und den Schleifstein und trabte ihm nach.

»Wann reisen wir ab?«, fragte sie, als sie den Stein zu einer Werkzeugkiste legte, die bereits in der Höhle gestanden hatte, bevor sie hier eingezogen waren.

»Morgen bei Tagesanbruch. Wir werden den Tag damit verbringen, unseren Proviant aufzufüllen. Die Blätter fallen bereits von den Bäumen und ich befürchte, der Winter wird bald hereinbrechen.«

Kurz darauf zogen die beiden Pferde los, um nach essbaren Beeren und Kräutern zu suchen, die sie verwenden konnten. Farah war oft mit Grindor in den Wald gezogen, um nach Pilzen und Kräutern zu suchen, also war der Ausflug nach den anstrengenden Tagen wie ein Stück ihrer unbeschwerten Kindheit für sie, das sie in vollen Zügen genoss.

»Steinpilze, Johanniskraut und Liebstöckel. Du hast sogar das richtige Johanniskraut gefunden. Johanniskreuzkraut hätte uns umbringen können. Das ist gut, wo hast du das her?«, fragte Erren erstaunt, als Farah ihm stolz den Inhalt ihrer Tasche zeigte. Die Stute zeigte auf ein moosbewachsenes Fleckchen Erde unter einer alten Eiche. Dort hatte sie die Steinpilze gefunden.

Der Wald war in den letzten Monaten recht kahl geworden, doch Pilze gediehen bis in den späten Herbst hinein und selbst jetzt, kurz vor Wintereinbruch hatte man hier und da manchmal noch das Glück einen oder zwei zu finden.

Schon bald hatten sich die beiden eine kleine Sammlung an Kräutern zusammengesucht und entzündeten ihr letztes Lagerfeuer, als sich der erste Nebel bei Anbruch der Dämmerung über den Wald legte.

»Heute Nacht wird es das erste Mal Frost geben«, murmelte der goldene Hengst, als er einen letzten Blick auf den herrlichen, gelbroten Abendhimmel warf.

Sie legten sich die Wolfsfelle neben die Feuerstelle und kuschelten sich in ihre Mäntel. Errens Blick fiel auf den Wolfszahn an der Kette, den Farah seit jener Nacht nicht mehr abgelegt hatte.

»Weißt du, wie man diesen Ort hier nennt?«, fragte er mit gespitzten Ohren und blickte über die Schulter in die nebelige Nacht hinaus, »Man nennt ihn *Faenskog* – den verfluchten Wald. Man munkelt, dass jedes Pferd, das sich bei Nacht in den Nebel hinaus wagt, für immer verschwindet und nie wieder gesehen wird.«

Farah lief ein kalter Schauer den Rücken hinunter, als ein eisiger Windstoß durch die Höhle fuhr und ein schauriges Geheul an den Wänden widerhallte.

»Man sagt, dass man ihre Stimmen hören kann, wenn man in den Wind lauscht«, fuhr Erren fort. Farah lauschte und zitterte. Das Heulen des Windes hatte wirklich Ähnlichkeit mit dem Gewieher von verzweifelten Pferden, die nach ihren Kameraden riefen.

»Es ist natürlich nur eine Geschichte«, lachte Erren, »aber es gibt eine Art Brauch in meinen Reihen, dass jeder Räuber sich den Namen des Ortes zulegt, an dem er seinen ersten Feind besiegt hat.«

»Worauf wollt Ihr hinaus?«, fragte Farah. Erren antwortete jedoch nicht, sondern starrte nur durch sie hindurch, als zogen vor seinen Augen wieder Bilder aus alten Zeiten vorbei, die ihn daran hinderten, weiter zu sprechen.

»Habt Ihr auch einen neuen Namen angenommen?«, schnaubte Farah vorsichtig. Sie hatte nie daran gezweifelt, dass Erren sein richtiger Name war. Errendale war eine Stadt im Süden, aus der die Legenden des Räubers stammten. Doch der goldene Hengst nickte nur, als er aus seiner Trance erwachte.

»Jeder hat es getan, Prinzessin. Um seine Familie zu schützen, falls er noch eine hatte. Der Name gab uns Kraft und Sicherheit und er ließ uns das vergessen, was hinter uns lag.«

»Ihr meint, ich soll mich in Faenskog umbenennen?«, schnaubte Farah amüsiert, »Ich bitte Euch!«

»Keiner zwingt dich dazu. Die meisten Räuber haben sich nur einen Teil des Namens ausgesucht, der ihnen am besten gefiel oder ihn ein wenig abgeändert.«

»Faenja«, murmelte Farah leise, ohne, dass Erren es hörte. Sie mochte den Klang des Namens, doch sie wusste nicht, ob sie sich daran gewöhnen würde, wenn sie ihren geliebten Fohlennamen ablegte.

»Welchen Namen habt Ihr früher getragen?«, fragte sie schließlich und war sich jedoch im selben Moment nicht ganz sicher, ob Erren die Frage nicht zu persönlich war. Schließlich hatte er den Namen abgelegt, um seine Vergangenheit hinter sich zu lassen.

»Wenn ich es einmal wusste, so habe ich ihn vergessen«, knurrte Erren nur. Doch da war etwas in seinem Tonfall, das Farah erahnen ließ, dass er sie anlog. Was verbarg er nur, dass er sie nicht an sich heran ließ? Hatte er Angst, sie könnte ihn verletzen?

Verunsichert rückte Farah etwas näher an das Lagerfeuer heran und legte einen Scheit Holz nach.

»Wollt Ihr meinen vollständigen Mädchennamen hören?«, lachte Farah dann auf einmal. Erren blickte auf und sah sie interessiert an. Das Blut schoss ihr vor Verlegenheit in den Kopf, als seine haselnussbraunen Augen sie erwartungsvoll anblickten. Sie hatte ihren vollständigen Namen nie gemocht. Jeder, der sie kannte, hatte sie immer nur Farah genannt.

»Mein Name ist Farahleya Esme Aabidah von Keldor«, sie schluckte vor Unbehagen. Mit Sicherheit würde Erren sie nun auslachen. Vor allem ihren letzten Namen hatte Farah immer mit außerordentlichem Ehrgeiz von sich abgewiesen.

Erren jedoch überkreuzte nur die Beine und legte seinen Kopf lächelnd darauf nieder.

»Was hast du denn? Das ist ein wunderschöner Name! Immer noch besser, als seinen Sohn Aino Egon Fenrir Van Alvarr zu nennen«, lachte er verwegen. Farah versuchte sich ein kichern zu unterdrücken, doch es gelang ihr nicht.

»Er heißt doch nicht etwa wirklich so, oder?«, kicherte sie mit Tränen in den Augen. Sie wusste nicht, warum sie lachte, aber es war einfach so komisch und ungewohnt herauszufinden, dass ein Pferd mit einem solchen Namen beinahe ihr

Ehemann geworden wäre.

»Ich danke Euch«, schnaubte Farah, als wieder Stille einkehrte.

»Wofür?«, fragte Erren verwundert. Farah rückte ein Stück näher zu ihm heran und blickte ihm tief in die Augen.

»Dank Euch weiß ich nun, dass mein Leben nicht den Weg nehmen muss, den meine Eltern für mich vorgesehen haben. Dank Euch, habe ich einen Teil von mir selbst gefunden. Ich weiß nicht, wie ich das jemals wieder gut machen kann.«

Zum ersten Mal war es nun der goldene Hengst, der nicht wusste, was er sagen sollte. Er legte nur, peinlich berührt, die Ohren an und schnaubte abtuend. War es ihm unangenehm, wenn man ihm Dankbarkeit zeigte?

»Ich habe gar nichts getan. Das hast du dir selbst zuzuschreiben!«

»Seid nicht so bescheiden. Ihr habt sehr viel getan und das wisst Ihr ganz genau!«, schnaubte Farah mit Nachdruck. »Ihr braucht Euch nicht zu verstecken. Meine Freundschaft ist Euch gewiss. Auch, wenn ihr mir nicht verraten wollt, wie Ihr wirklich heißt. Ich bin froh, Euch als Freund zu haben.«

Mit diesen Worten legte sie ihren Kopf auf die Vorderbeine des goldenen Hengstes und schloss ihre Augen.

Erren hielt den Kopf eine ganze Weile noch hoch erhoben, bis die letzten Echos ihrer Unterhaltung in der Höhle verklungen waren und Stille einkehrte.

So etwas hatte noch kein Pferd je zuvor zu ihm gesagt. Erren hatte immer geglaubt, dass die meisten Pferde seine Taten zwar dankbar annahmen, aber trotzdem nur von seinem Geschick profitieren wollten.

Doch diese Stute erwartete nichts im Gegenzug, außer, dass

er sie mit auf die Reise nahm. Und für diese Nichtigkeit schien sie ihm so dankbar zu sein, dass sie alles dafür tun würde, um ihn glücklich zu stimmen.

Erren wollte es sich nicht eingestehen, aber er mochte sie. Mehr vielleicht, als er es sich hätte erlauben dürfen.

Er blickte mit halbgeschlossenen Augen auf Farah herab und blinzelte sich eine Träne aus dem Augenwinkel. Dann senkte seine Nüstern ganz sachte zu Farahs Ohr herunter und flüsterte: »Mein Name ist Cedric.«

Kapitel 16

Bei Sonnenaufgang des nächsten Tages waren die beiden Pferde zur Abreise bereit. Erren konnte es sich nicht erklären, aber irgendwie schien Farah heute ausgelassener zu sein als sonst.

Sie wich nicht mehr von seiner Seite und sie hatte andauernd dieses Ich-weiß-alles-Grinsen im Gesicht.

Als die Sonne ihren höchsten Stand erreicht hatte, machten sie Halt und aßen einen Teil ihres Reiseproviantes. Die Tage begannen bereits merklich kürzer zu werden, daher verweilten sie nur kurz, um das Tageslicht besser nutzen zu können.

Farahs Ausdauer hatte sich stark gesteigert. Sie hatte sehr stark an Muskelmasse zugelegt und hielt nun sogar bei Errens Wandertrab Schritt, bei dem sie in den ersten Tagen nur hinterher gehangen hatte. Die Mäntel gegen die steigende Kälte eng zugezurrt, kamen sie so der Großstadt Errendale immer näher.

Erren war ein wenig stolz darauf, dass er Farahs Gezeter kommentarlos ertragen hatte, ohne sie dabei zu schonen. Diese Stute stand ihm nun in keiner seiner Fähigkeiten mehr nach, bis auf das Schießen mit der Armbrust. Doch das würde er ihr vielleicht irgendwann auch noch beibringen, wenn sie ihn darum bat.

»Wo sind wir hier eigentlich?«, fragte Farah nach einer Weile, als sie eine seichte Stelle eines Baches überquerten.

Der Wald schien sich etwas zu lichten und die Vegetation wandelte sich von einem dichten Nadelbaumwald zu einem hellen Laubwald, der aus einer Menge uralter Eichen bestand.

»Wir nähern uns den Ufern der Nieße. Bei Errendale gibt es eine Brücke, von der aus man zur Grenze zum Reich Keldor gelangen kann.«

»Und genau da wollen wir hin...«, murmelte Farah zögernd. Sie schien noch immer nicht zu wissen, ob ihr Vorhaben das Richtige war. Aber Erren verstand gut, wie es war, wenn man seine Familie zurücklassen musste. Es war ein schreckliches Leid, geplagt von den schrecklichsten Schuldgefühlen, die ein Pferd haben konnte.

Er wollte Farah in ihrer Entscheidung nicht behindern, darum schwieg er lieber, bevor er etwas Falsches sagte.

Plötzlich erweckte etwas seine Aufmerksamkeit. Ein Knistern, ganz in der Nähe hatte ihn aus seinen Gedanken gerissen. Farah schien es ebenfalls gehört zu haben und zog mit nach allen Seiten zuckenden Ohren ihr Schwert aus ihrem Gurt.

»Sei still!«, zischte Erren ihr zu.

»Ich sage doch gar nichts!«

»Klappe, habe ich gesagt!«

In der Stille des Waldes standen Erren und Farah mit gezogenen Schwertern Rücken an Rücken und lauschten. Nichts rührte sich. Es war, als wäre der Wald wie ausgestorben. Nicht einmal die Vögel sangen. Aber genau das beunruhigte Erren.

Mit einem fürchterlichen Kriegsgeheul sprang eine Bande maskierter Räuber hinter den dicken Stämmen der Eichen hervor und stürzten sich auf die Reisenden. Farah hatte noch nie gegen zwei Pferde gleichzeitig gekämpft, doch sie war überrascht, dass es gar nicht so kompliziert war, wie sie es sich zuerst vorgestellt hatte.

Mit Errens Abwehrtechnik konnte sie eine Menge der harten Schläge abwehren und gleichzeitig ordentlich austeilen. Nach kurzer Zeit wich die Bande erstaunt zurück, als sie bemerkten, dass Farah eine Stute war.

Ein hellbrauner Hengst aus der Gruppe sprang mit angelegten Ohren zurück, als Erren die Kapuze seines Mantels abnahm.

»Erren?!«, wieherte er überrascht. Erren schnaubte gereizt und schob sein Schwert zurück in die Schwertscheide.

»Ich habe mich gefragt, wie lange es wohl dauert, bis du dich an mein Gesicht erinnerst, Smog!«

Smog senkte verlegen den Kopf und ging vor Erren in die Knie.

»Ich wusste nicht, dass du auf dem Weg nach Errendale bist. Wir dachten schon, du wärst tot!«

»Sie hat mich gerettet«, schnaubte Erren und bedeutete Farah sich vorzustellen.

»Du kämpfst gut für eine Stute«, schnaubte Smog unterwürfig. Farah warf Erren einen unsicheren Blick zu, doch er blinzelte ihr nur beruhigend zu. Diese Bande schien ihn zu kennen.

»Ich danke Euch!«

»Warum so förmlich? Ist sie etwa bei Hofe aufgewachsen, Erren?«

»Nein, sie war eine vorlaute Dienerin, nichts weiter«, antwortete Erren schnell, bevor Farah Smog widersprechen konnte. Sie durften also nicht wissen, wer sie war.

»Wie heißt sie denn?«

»Faenja!«, fiel Farah Erren ins Wort. Smog riss erstaunt die Augen auf, als er den Wolfszahn sah, den sie an ihrem Mantel trug.

»Ist ja nicht zu fassen! Die Kleine ist eine von uns!«

Erren blinzelte dankbar zu Farah herüber, als Smog den beiden bedeutete, ihm zu folgen. Tausend Fragen hatten sich inzwischen in ihrem Kopf zusammengebraut. Wer waren diese Pferde? Warum durften sie nicht wissen, wer sie war? Und warum kannten sie Erren so gut?

Doch Farah würde nicht lange auf ihre Antwort warten müssen. Sie begleiteten die Räuberbande bis zu ihrem Lager. Die Sonne war bereits am Untergehen, als sie die moosbewachsene Senke erreichten.

Erren legte seine Waffe ab und gesellte sich dann zu den Räubern in die Runde.

»Lange nicht gesehen, Kleiner!«, schnaubte ein alter, schwarzweiß geschecker Kaltblüter und knuffte den goldenen Hengst freundschaftlich in die Seite.

»Leider nicht lange genug!«, scherzte Erren lachend und boxte den alten Hengst kräftig in die Flanke. Die Räuber lachten ausgelassen, doch Farah fühlte sich irgendwie fehl am Platz.

»Wir haben dich nicht gesehen, seit Carrick gefangen genommen wurde«, schnaubte Smog ruhig. In seinen Augen lag etwas Seltsames, dem Farah nicht traute. Er war wie eine Schlange, die auf ihre Beute wartete, um sie schließlich in einem riesigen Happs zu verschlingen.

»Carrick wurde hingerichtet«, schnaubte Erren düster, »Es war Eiriks Werk. Aber ich werde meine Rache bekommen!«

»Da bist du leider etwas spät dran«, schnaubte Levens, ein hell geschecker Warmblüter mit zottiger, zweifarbiger

Stehmähne, »Eirik wurde ermordet. Das Königreich wurde aufgelöst und der neue König hielt es wohl für besonders lustig, eine neue Regierungsform einzuführen. Er hat seine eigenen Untertanen wählen lassen, wer ihr neuer Regent werden sollte.«

Gelächter breitete sich unter den Räubern aus, doch Farah klappte die Kinnlade herunter, als sie das hörte. König Eirik Van Alvarr war tot? Aino hatte das Königreich aufgelöst?

»Wenn ihr mich fragt, ist die Demokratie nur so ein Hirngespinst und wird sich nicht durchsetzen!«, krakeelte ein alter, grauer Hengst in die Runde. Die Räuber brachen daraufhin erneut in schallendes Gelächter aus. Doch Farah hatte genug gehört.

Schweigend erhob sie sich und entfernte sich von der Runde, um auf einer leichten Anhöhe den aufgehenden Vollmond zu beobachten.

Wenn ein Reich sich auflöste und es damit Erfolg hatte, dann würden die anderen Reiche ihm nachfolgen. Das wusste sie genau, auch, wenn sie ebenso genau wusste, dass ihr Vater lieber sterben würde, als seinen Thron zu verlassen.

Und was würde geschehen, wenn es wirklich soweit kam? Sie würde nicht mehr in eine andere Familie verheiratet werden, nur, weil es Vorteile brachte. Alles würde anders sein – nur besser.

Farah vermisste ihre Mutter und ihre Schwestern, aber sie wollte ihr Leben in Freiheit nicht missen. Was sollte sie nur tun?

Ein warmer Hauch strich ihr von hinten über den Rücken, als Erren sich zu ihr gesellte.

»Ach du bist es«, schnaubte sie traurig.

»Es plagt dich, nicht wahr?«, fragte er sie. Farah wandte ihm den Kopf zu und nickte mit hängenden Ohren.

»Wenn Keldor dem Reiche Alvarr nachfolgt, was unweigerlich geschehen wird, wenn es so bleibt, wie es jetzt ist, dann könnte ich zu meiner Familie zurück kehren, ohne Angst haben zu müssen.«

Erren schnaubte und sah sie direkt an. Sein Blick war voller Wärme und Verständnis.

»Allerdings müsstest du all das hier verlassen.«

Erren nickte mit einem gewitzten Lächeln auf das Pack besoffener Räuber, das sich am Lagerfeuer die Kehlen aus dem Leibe grölte.

»Ich gehörte einst zu ihnen, weil einer ihrer Räuber mich aufnahm, als Eiriks Wachen mich auf der Flucht schwer verwundet hatten. Er brachte mir das Kämpfen bei und von ihm habe ich gelernt, wie man die Wachen am besten überlistet. Doch er war nicht mehr der Jüngste und wurde eines Tages von Eirik gefangen genommen und enthauptet.«

Erren seufzte erbittert auf und blickte in den Sternenhimmel.

»Ich denke nicht gerne darüber nach, aber er war wie ein Vater für mich, nachdem Eirik meine Eltern...«

Farah legte Erren wortlos den Kopf auf die Schulter und gemeinsam blickten sie schweigend hinauf in die herrlich klare Nacht.

Und Farah war sich sicher, dass der Mond noch nie zuvor so hell gewesen war. Denn in dieser Nacht, leuchtete er nur für sie beide.

Kapitel 17

»Nimm dein Schwert und hör auf zu heulen!«, Carrick, der graue Hengst mit dem entsetzlich entstellten Gesicht trieb den jungen Cedric in die Enge.

Der Regen peitschte vom Himmel herunter und weichte den Boden auf, sodass es beinahe unmöglich war, sicher auf den Beinen zu stehen.

Das junge Fohlen zitterte vor Erschöpfung, doch der alte Räuber ließ keine Gnade walten. Von den Wunden, die Eiriks Wachen ihm zugefügt hatten, waren tiefe Narben zurück geblieben, die er für sein Leben lang mit sich tragen würde.

Cedric schlug verzweifelt mit seinem Schwert zu, doch Carrick riss ihm mit einer flinken Bewegung die Beine unterm Körper weg.

»Konzentriere dich gefälligst, du Wicht! So stirbst du in deinem ersten Kampf!«

Mit diesen Worten stelzte er davon und ließ das weinende Fohlen im Matsch zurück. Cedric schniefte verbittert. Keiner durfte ihn einen Wicht nennen! Natürlich war er klein! Er war ja noch ein Fohlen! Aber dieser Hengst wollte ihm nur helfen, das wusste er.

Carrick wollte ihm nur zeigen, wie er überleben konnte und war dabei vollkommen aufrichtig mit ihm. Auch, wenn es hart war.

Als die Nacht herein brach, nahm Cedric sein Schwert und lief in den Wald hinaus. Als er sich weit genug vom Lager entfernt hatte, hob er die Klinge und schlug sie so fest in den Baum, wie er nur konnte. Die ersten paar Male flog ihm dabei das Schwert aus dem Maul, doch bereits nach wenigen Versuchen hatte er den Dreh raus und seine Angriffe wurden von Mal zu Mal kräftiger.

Cedric schlich sich von nun an jede Nacht davon, um heimlich an dem Baum an seiner Schlagkraft zu arbeiten.

Carrick war erstaunt, wie schnell Cedric seine Fähigkeiten steigerte und brachte ihm bald darauf die ersten Tricks und Kniffe bei, wie man einen Feind entwaffnete. Schon bald hatte Cedric eine Ausdauer und Kraft aufgebaut, die mit der von anderen, ausgewachsenen Räubern durchaus mithalten konnte. Doch selbst ihnen gegenüber hatte er einen Vorteil – Er war klein und flink wie ein Kaninchen.

Als Carrick mit Cedric nach langer Reise zu seiner Räuberbande zurückkehrte, schien ein junger, hellbrauner Hengst namens Philipp sofort Freundschaft mit Cedric zu schließen. Er war etwa drei Jahre älter und stärker, als der goldene Junghengst, doch er schien ein gutes Herz zu haben.

»Bald bin ich soweit, dann darf ich endlich mit auf einen Raubzug!«, prahlte er stolz, als die beiden hinter ihrer Bande her trotteten, die auf dem Weg Richtung Errendale waren. Cedric bewunderte diesen ehrgeizigen, jungen Hengst für sein Selbstbewusstsein.

»Wenn ich meinen ersten Feind stelle, dann darf ich mir endlich auch einen Räubernamen zulegen!«

»Meinst du, sie werden mir auch eine Chance geben?«, fragte Cedric mit leuchtenden Augen. Der braune Jüngling blickte jedoch nur anmaßend lächelnd auf ihn herab.

»Du bist ja erst zehn. Ich denke, da wirst du dich noch ein Weilchen gedulden müssen!«

Ein paar Abende später hatte ihre Gruppe den Wald von Errendale erreicht und ließ sich in einer von Dorngestrüpp umgebenen Senke nieder. Cedric hockte auf einem Hügel in der Nähe und schnitzte Stöcke zu Schaften für Pfeile zurecht, sodass sie nahezu reibungslos durch den Lauf der Armbrust gleiten konnten.

Er war so vertieft in seine Arbeit, dass er beinahe nicht bemerkte, wie eine Gruppe von Rittern mit ihren Knappen am Fuße des Hügels an ihm vorüber zogen.

Sie bemerkten ihn glücklicherweise nicht, doch er konnte jedes ihrer Worte hören.

»Eirik hat vollkommen recht damit, dass sein Volk undankbar ist! Warum sollten sie ihm sonst seine Anteile an ihren Waren unterschlagen?«, schnaubte einer der Knappen, ein pechschwarzer Hengst hochmütig. »Die Pferde in Kilgrim haben Essen im Übermaß. Einer von ihnen wurde neulich sogar erwischt, wie er fünf ganze Säcke Getreide in seinem Haus gebunkert hatte. Wahrscheinlich wissen die gar nicht, wie schrecklich es ist, wenn ihr Königshaus hungern muss!«

Cedric zog sich vor Zorn der Magen zusammen. Seine Eltern hatten ihre Waren gewiss nicht mit Absicht unterschlagen. Die Ernte fiel von Jahr zu Jahr anders aus und in manchen Wintern war das Essen in den Dörfern so knapp, dass ganze Familien es nicht durch die kalte Jahreszeit schafften.

Wie konnten diese Toren es wagen, eine solche Behauptung einfach laut auszusprechen?

Cedric folgte dem Trott mit gezogenem Schwert in sicherer Entfernung bis an den Rand des Waldes, von wo aus man auf die Stadt Errendale blicken konnte.

Er hatte seiner Bande Zinken an den Bäumen hinterlassen, dass sie, falls sie ihn suchten wussten, dass sie sich leise zu verhalten hatten, weil Feinde in der Nähe waren.

Die Knappen setzten sich nach einer Weile von der Gruppe der Ritter ab und wanderten zurück in den Wald, um Feuerholz zu sammeln.

»Vielleicht sollten wir dem Volk ein Zeichen setzen!«, schnaubte der schwarze Jüngling auf einmal. Die anderen blickten ihn mit interessiert gespitzten Ohren an.

»Stellt euch nur vor, wie stolz Eirik wäre, wenn wir eine Lösung für das ewige Lieferproblem fänden!«

»Er würde uns sicherlich sofort zu Rittern schlagen!«, wieherte ein braun gescheckter Knappe.

»Aber was könnten wir tun?«, fragte ein junger Schimmel mit schiefgelegtem Kopf.

»In Errendale lebt ein Lieferant für Wolle, der weil seine Schafe von Wölfen gerissen wurden, seit Wochen nicht mehr geliefert hat«, schnaubte der schwarze Knappe und senkte mit einem fiesen Grinsen den Kopf, sodass die anderen näher an ihn heran traten, bevor er leise fortfuhr, »Wie wäre es, wenn wir ein wenig an seiner Scheune herum zündeln, damit er merkt, dass mit dem König nicht zu spaßen ist?«

»Aber was werden die Ritter dazu sagen?«, schnaubte ein heller Palomino unsicher.«

Der Rappe verpasste ihm eine unwirsche Kopfnuss.

»Wir warten natürlich, bis sie eingeschlafen sind, du Vollidiot! Dann erst schleichen wir uns davon!«

Cedric presste sich fest an einen Baum, bemerkte allerdings nicht, dass der starke Regen die Wurzeln herausgewaschen hatte und der Stamm nun zu kippen begann.

Die sechs Knappen sprangen entsetzt zur Seite und erblickten Cedric, dessen Deckung sich soeben verflüchtigt hatte.

»Wer ist denn dieser erbärmliche Hänfling?«, fragte einer der Knappen überrascht. Der stämmige Rappe zog ohne Vorwarnung sein Schwert und ging in Kampfstellung.

»Keine Ahnung, wer er ist, aber er hat ein Schwert und wenn er kämpfen will, dann soll er es ruhig wagen!«

»Was für ein erbärmlicher, kleiner Wicht er ist!«, lachte der braun gescheckte Knappe, »Wie alt bist du, zehn? Lauf lieber nach Hause!«

Cedric umschloss mit zornig angelegten Ohren sein Schwert mit den Zähnen. Stille kehrte ein, als die Knappen merkten, dass er nicht floh und auch sonst keine Anzeichen von Angst zeigte.

Mit einem Mal zogen sie alle gleichzeitig ihre Schwerter, als der schwarze Hengst ihnen ein Signal gab und stürmten auf Cedric zu.

Cedric stieß zwei von ihnen grob zur Seite und verletzte einen von ihnen dabei ernsthaft am Hals. Der Rappe schlug seine Klinge voller Zorn an die von Cedric und versuchte ihn mit seiner enormen Kraft rückwärts zu schieben, damit er aus dem Gleichgewicht geriet. Doch Cedric war viel stärker, als er zuerst angenommen hatte. Der goldene Hengst machte einen Schritt zur Seite, senkte sein Schwert und ließ den schwarzen Hengst an sich vorbei stolpern. In derselben Bewegung wehrte

Cedric zwei weitere Knappen ab, die ihre Klingen über seinem Kopf zusammengeschlagen hatten.

Der schwarze Hengst jedoch war so zornig, dass er sofort wieder herum sprang, Cedric gegen einen Baum stieß und ihm mit seiner Klinge den Hals abdrückte.

»Nette Narben, Kleiner!«, stichelte er mit einem fiesen Grinsen. »Egal, für was du dich auch hältst, du wirst niemals die Ritter des Van Alvarr Reiches besiegen! Hörst du?«

Cedric spuckte ihm ins Gesicht, trat dem schwarzen Hengst im Moment der Verwirrung gegen die Brust und brachte ihn damit zu Fall. Ohne zu zögern rammte er dem vorlauten Knappen sein Schwert in den Hals, riss die Klinge heraus und verteidigte sich gegen die anderen Knappen, die nun wieder auf ihn losstürmten.

Doch ohne ihren Anführer war ihr Selbstvertrauen gewichen. Einer nach dem anderen starb unter der scharfen Klinge von Cedric, der kämpfte, wie es eines Räubers würdig war.

Als der letzte seiner Feinde gefallen war, sah Cedric an sich herab und erschrak, als er seine in Blut getränkten Beine erblickte.

Er hatte diese Schufte getötet und damit verhindert, dass sie schlimmes Unheil anrichteten. Doch aus einem bestimmten Grund, war er nicht stolz darauf. Mit Tränen in den Augen ging er einige Schritte zurück und stieß mit der Hinterhand an Carrick, hinter dem sich die gesamte Räuberbande versammelt hatte, um ihn zu beobachten.

Alle von ihnen neigten voller Ehrfurcht die Köpfe vor ihm. Alle, bis auf Philipp. Der hellbraune Hengst starrte ihn nur mit einer Mischung aus Unglauben, Zorn und Neid an und legte nur die Ohren an, als die Räuber zu jubeln begannen.

»Cedric, du bist der wohl jüngste Räuber in der Geschichte von Skjell«, schnaubte ein alter Räuber mit einst schneeweißem Fell und verneigte sich vor ihm, »Ich bin mir sicher, dass dir eine große Zukunft bevorsteht, denn wer so früh beginnt, der kann nur zu großen Taten fähig sein.«

»Der Brauch bestimmt es, dass du dir einen neuen Namen zulegst, nachdem du deinen ersten Feind besiegt hast«, schnaubte Carrick und zauste Cedric liebevoll durch den Schopf. »Wie sollen wir dich von diesem Tag an nennen?«

Die Räuber johlten und jubelten, als Cedric dem schwarzen Knappen sein Schwert als Trophäe abnahm und es vor sich aufrecht in die Erde stieß. Dann wieherte er entschlossen:

»Nennt mich Erren!«

Kapitel 18

Farah bemerkte, wie unruhig Erren in dieser Nacht schlief. Er zuckte und seine Ohren huschten von Seite zu Seite, als müsste er auf Feinde Acht geben, die sich ihm von allen Seiten näherten.

Nachdem sie sich auf dem Hügel unterhalten hatten, waren sie in die Runde der Räuber zurückgekehrt und hatten sich zu ihnen ans Lagerfeuer gesellt.

Farah legte Erren vorsichtig ihren Mantel über und blickte dann zum Rande der Senke, in der sie sich befanden. Smog stand in einiger Entfernung im hellen Mondlicht und starrte sie an.

Als er bemerkte, dass Farah ihn entdeckt hatte, senkte er den Kopf und kickte einen Kiesel von sich, als hätte er nur zufällig in ihre Richtung geblickt.

Die Fuchsstute traute diesem Hengst nicht. Sie fürchtete sich vor ihm und drückte sich stattdessen an ihren launischen Begleiter, der im Moment das einzige Pferd war, bei dem sie sich wirklich sicher fühlte.

Smog blickte sich noch einmal verstohlen um, bevor er in den Wald hinauslief. Farah wusste nicht recht, doch irgendetwas stimmte da nicht.

Sie ging sicher, dass sie Erren nicht weckte, als sie sich erhob, nahm sich ihr Schwert und folgte dem hellbraunen Hengst unauffällig.

Smog lief auf das Flussufer zu und blieb dann plötzlich stehen.

»Du bist mir also gefolgt!«

Farah stieß ein erschrecktes Schnauben aus, als Smog herum sprang und ihr direkt gegenüber stand.

»Warum gibt sich eine so ehrenhafte Stute wie du mit einem Schuft wie Erren ab?«

»Du kennst ihn nicht!«, schnaubte Farah kühl, »Und ich weiß nicht, warum du ihn einlädst, sich zu deiner Bande zu gesellen, wenn du ihm doch eigentlich nach dem Leben trachtest!«

Smog schnaubte vor Amüsement. »Sagte das Mädchen, das Erren so tief in den Arsch kroch, dass es das Tageslicht nicht mehr erblickte! Was erwartest du von ihm? Denkst du etwa, er ist darauf aus, eine Gefährtin zu haben? Denkst du, er wird mit dir für alle Zeit durch die Wälder streifen?«

Smog machte einen weiteren Schritt auf Farah zu, doch sie machte nun keine Anstalten mehr, ihr Schwert auf ihn zu richten.

»Hör mir zu! Erren ist ein einsamer Wolf. Er liebte den Alleingang seit ich denken kann. Und ich muss es wissen, denn ich bin mit ihm aufgewachsen!«

Farah schnaubte entrüstet. Also wusste Smog doch genau, wovon er redete. Nur warum sollte sie ihm glauben?

Weil eine Lüge immer so viel Wahrheit enthält, dass sie glaubhaft erscheint, dachte sie sich. Das waren Errens Worte gewesen.

»Erren hat im Alter von zehn Jahren sechs Knappen ermordet. Und das nur, weil sie ihn in seinem Stolz verletzt haben! Weißt du nicht, dass es nur eine Frage der Zeit ist, bis seine Fänge sich um deinen Hals schließen und dir das Leben entreißen?«

Farah hatte die Augen nun weit aufgerissen und ging immer weiter rückwärts, als Smog bedrohlich auf sie zuschritt. Er trieb sie zurück in den Schatten des Waldes.

»Ob er nun zehn Jahre alt war oder dreizehn. Es ist doch völlig egal!«, wieherte Farah spitz, »Mord ist Mord. Und egal, wie alt man ist, morden wird niemals ehrenhaft sein!«

Mit diesen Worten wandte sich Farah um und stelzte mit erhobener Nase davon. Doch Smog hinter ihr stieß ein amüsiertes Schnauben aus.

»Du machst einen großen Fehler, Farahleya Esme Aabidah von Keldor!«

Farah blieb abrupt stehen und wandte sich um. Mit einem Mal stand der Hengst direkt hinter ihr und versuchte ihr einen Sack über den Kopf zu ziehen. Farah trat nach ihm und wieherte, so laut sie konnte.

»Schrei nur, dummes Mädchen. Dein Räuberkönig wird gerade selbst sehr beschäftigt sein!«

In der Ferne ertönte das laute Kampfgewieher von einer Gruppe von Pferden. Sie hatte Erren alleine gelassen! Und nun stand er alleine einer ganzen Bande Räuber gegenüber.

»Wir alle dachten, dass Erren tot sei, als wir erfuhren, dass er von Eiriks Männern gefangen genommen wurde. Und da habe ich meine Chance ergriffen und habe die Führung seiner Bande übernommen.«

»Widerlicher Bastard!«, fauchte Farah wütend und trat Smog mit voller Wucht in die Flanke. Es knackte, als ein paar seiner Rippen brachen, doch Smog ließ sich dadurch nicht aus der Fassung bringen.

»Ich habe ihnen alles erzählt, was Erren getan hat und nun gehorchen sie mir aufs Wort. Ich hätte es verdient gehabt, König der Räuber genannt zu werden! Ich habe Tag und Nacht geschuftet und habe Kutschen und Boten überfallen aber nennt mich jemand deshalb einen König? Stattdessen stiehlt mir dieser Wicht jegliche Chance mich zu beweisen!«

Farah schlug mit ihrem Schwert nach Smog, doch der unbewaffnete Hengst nutzte den Moment, in dem sie ihren Kopf hob und rammte seine Stirn gegen ihr Kinn. Farahs Kopf wurde unangenehm nach oben gerissen und ihre Wirbelsäule verrenkte sich schmerzhaft.

Einen Moment lang stand sie nur da, völlig unfähig, sich zu bewegen. Und diesen Moment nutzte Smog, um ihr das Schwert aus dem Maul zu schlagen.

»Lektion im Nahkampf gefällig?«, lachte der hellbraune Hengst nur und täuschte ein paar Angriffsbewegungen vor, doch Farah hatte bereits gelernt, wie man Täuschungsmanöver rechtzeitig erkannte. Stattdessen lief sie weiter rückwärts. Immer weiter auf das Lager zu.

»Also ging es dir die ganze Zeit nur um Rache?«

»Mir ging es um weit mehr als das! Dieser Betrüger will sich einen echten Räuber nennen? Hat er jemals Geld gestohlen? Nein! Das einzige, was er jemals geraubt hat sind Informationen, die er an die umliegenden Königreiche verkauft hat, um Eirik Van Alvarr die Kriegspläne zunichte zu machen!«

Farah stockte der Atem. Warum hatte sie nie etwas davon erfahren? Sie hatte in ihrer Kindheit förmlich in Errens Welt gelebt und sogar ein Buch besessen, das alle Aufzeichnungen über ihn enthielt, die man seit seinem Erscheinen gefunden hatte.

Und wenn Erren dem Reich von Keldor jemals Informationen verkauft hatte, warum hatte sie es nie erfahren?

Ein schrecklicher Aufschrei drang aus dem Lager. Ohne zu zögern sprang Farah herum und galoppierte zurück zum Lagerplatz. Smog mochte ein muskelbepackter Haudrauf sein, doch in Farah steckte noch immer das Blut vieler Generationen der schnellsten Pferde des ganzen Landes. Dafür war Keldor schließlich bekannt.

So schaffte sie es, den wütend schnaubenden Hengst hinter sich zu lassen und sich im Lager auf das nächstbeste Pferd zu stürzen, das ihr in die Quere kam.

Ein gewaltiges Kampfgetümmel erfüllte die Senke und Farah hatte Mühe, etwas zu erkennen.

Ein Pferd hatte versehentlich einen Eimer Wasser über die Feuerstelle gekippt und so eine gewaltige Dampfwolke ausgelöst, die ihr jegliche Sicht verwehrte.

Plötzlich sprang Farah ein Pferd von der Seite an und riss sie von den Beinen. Es war Smog, der nun auch das Lager erreicht hatte. Sie schlitterten einige Pferdelängen über den Boden, bevor der Braune sie mit den Vorderhufen auf ihrer Flanke fixierte und ihr eigenes Schwert auf sie richtete.

»Tötet ihn!«, schrie er seinen Hengsten zu, »Keine Gnade! Stecht ihn ab!«

Farah trat dem Hengst mit den Hinterläufen so fest zwischen die Beine, dass Smog taumelte und stürzte. Er ließ

Farahs Schwert fallen, welches sie sich sofort griff und auf eine Gruppe von Räubern losstürmte, die sich wie ein Knäuel um einen einzigen Hengst drängte, der blutüberströmt in ihrer Mitte kämpfte.

Farah stieß einem von ihnen ihr Schwert in die Schulter und machte so Erren den Weg für eine Flucht frei. Erren hinkte, doch er biss die Zähne zusammen und rannte. Die Räuber folgten ihnen auf Schritt und Tritt.

Schließlich erreichten die Pferde das hohe Ufer der Nieße, die reißend unter ihnen vorüber zog. Sie saßen in der Falle!

Schnaubend und schreiend kamen die Räuber immer näher.

Farah blickte zu Erren hinüber, der sein linkes Voderbein nicht mehr belasten konnte und mit vor Schmerz zusammengepressten Lippen auf die Ankunft von Smog und seiner Bande wartete.

Er würde kämpfen, bis er starb. Das hatte er Farah bei ihrer ersten unfreiwilligen Lektion im Nahkampf gesagt. Doch sie konnte ihn nicht so kämpfen lassen.

Farah atmete tief durch und blickte auf das reißende Wildwasser, das hinter ihnen vorüber glitt.

»Es tut mir leid, Erren!«, schnaubte sie verzweifelt, dann stieß sie den goldenen Hengst mit voller Wucht in die Fluten hinunter und sprang ihm hinterher.

Smog kam schlitternd auf dem kleinen Überhang zum Stehen und blickte den beiden Pferden mit einem siegessicheren Grinsen nach.

Farah versuchte ihren Kopf krampfhaft über Wasser zu halten, doch die Strömung riss sie immer wieder herum. Nach Luft schnappend hielt sie verzweifelt nach Erren Ausschau, doch sie fand ihn nicht.

Farah schluckte Wasser und hustete. Sie bekam keine Luft mehr. Da knallte sie mit dem Kopf gegen einen großen Stein, der im Wasser lag und spürte nicht einmal mehr, wie die Fluten über ihrem Kopf zusammen schlugen.

Kapitel 19

Das rauschende Wasser hallte Farah noch immer in den Ohren, als sie am Ufer der Nieße erwachte. Ihre Knochen taten ihr schrecklich weh und sie hatte einen Bärenhunger.

Kaum hatte ihr Verstand seinen Platz in ihrem Kopf wieder eingenommen, sprang sie zitternd auf die Beine.

Wo war Erren?

Vor Schwindel taumelnd schleppte sich Farah am Flussufer entlang und rief nach dem goldenen Hengst, doch sie rief vergeblich. Sie erhielt keine Antwort.

Vor Verzweiflung stiegen Farah Tränen in die Augen. Was war, wenn er ertrunken war? War sie dann Schuld an seinem Tod?

»Erren!«, schrie sie verzweifelt, »Erren, wo steckst du?«

Keine Antwort.

Orientierungslos vor Panik, galoppierte Farah ein Stück weiter flussabwärts, wo sich das Flussbett verbreiterte und das Wasser wieder ruhiger wurde. Doch auch hier fand sie ihn nicht.

Schließlich brach sie erschöpft in sich zusammen und weinte. Sie hatte alles verloren. Ihr Schwert, ihren Schwertgurt, ihr Geld und ihren Begleiter, mit dem sie so viel durchgestanden hatte.

Sie war Errendale so nah gekommen. Der Fluss hatte sie beinahe bis an die Stadtmauern heran getragen, doch Farah wusste nun nicht mehr, was sie tun sollte. Der goldene Hengst hatte ihr Selbstvertrauen geschenkt. Mit ihm an ihrer Seite war sie sich sicher gewesen, dass sie das richtige tat, egal, was es war.

Doch nun war sie sich da nicht mehr so sicher. Sie weinte so bitterlich, dass ihre Augen schmerzten, bis sie plötzlich ein platschendes Geräusch vernahm.

Farah sprang auf und entdeckte, versteckt im Schilf, eine Gestalt, die vollkommen mit Matsch überzogen war.

Schwach und keuchend zog sich ein Pferd ans Flussufer und blieb dort reglos liegen.

»Erren!«, wieherte Farah und stürmte zu ihm. Sie packte seine Mähne und zog ihn vom Fluss weg, soweit sie konnte.

»Ich dachte, ich hätte dich verloren!«, schnaubte Farah voll Sorge. »Ich dachte... Ich dachte, du wärst tot!«

»Was hast du dir dabei gedacht?«, schnaubte Erren wütend, aber zu schwach, um dabei lauter zu werden, als das sanfte Plätschern des Flusses im Hintergrund. Farah drückte ihn sanft nach unten, als er versuchte, aufzustehen.

»Du musst dich ausruhen!«, schnaubte sie sanft. Farah ließ sich vorsichtig hinter ihm nieder und legte ihm wärmend ihren Hals von oben auf die Schulter. Der Körper des goldenen Hengstes war schrecklich heiß. Seine Wunden hatten sich doch nicht etwa entzündet?

Farah presste sich noch enger an ihren Begleiter heran. Sie hatte ihn gerade erst wieder gefunden und sie würde garantiert nicht zulassen, dass er starb.

Farah machte kein Auge zu, selbst, als sie merkte, dass Erren endlich eingeschlafen war. Es war helllichter Tag, doch ihr Drang dazu, irgendetwas tun zu müssen, brachte sie beinahe um den Verstand.

Sie musste doch irgendetwas für ihn tun können!

Auf einmal hörte Farah das geschäftige Summen einer alten Stute, die mit einem Holzeimer an den Fluss heran trat. Die junge Fuchsstute duckte sich im Schilf, damit das alte Weib sie nicht bemerkte, da blickte die Stute sich um und schien sie sofort zu erblicken, obwohl sie sie nicht einmal ansah.

Sie ist blind, dachte Farah mit Erstaunen, als die alte, graue Stute näher trat.

»Warum versteckst du dich vor mir, mein Kind?«, schnaubte sie freundlich. »Du brauchst keine Angst vor mir zu haben.«

Die Stute würde ihr sicherlich helfen können, Erren gesund zu pflegen.

»Mein Freund hier ist sehr verletzt. Kannst du ihm helfen?«

Das Weib kniete sich nieder und fuhr mit ihren Lippen prüfend über das schlammverklebte Fell von Erren. Dann richtete sie sich auf und blickte Farah ernst an.

»Ich weiß es nicht, aber ich kann es versuchen. Er hat hohes Fieber. Das Wasser der Nieße fließt an drei Königreichen vorbei, bevor es in Errendale ankommt. Und jede Burg kippt ihr Abwasser hinein. Seine Wunden haben sich in dem verschmutzten Wasser äußerst schnell entzündet. Wir haben keine Zeit zu verlieren!«

Die Stute half Farah, den halb ohnmächtigen Hengst auf die Beine zu stemmen und ihn zu einer kleinen, unscheinbaren Lehmhütte am Waldrand zu schleppen.

Dort holte die Stute saubere Tücher, benetzte sie mit

frischem Regenwasser aus einer Rinne an ihrer Hütte und begann damit, Errens schmutziges Fell zu säubern.

»Wie ist sein Name?«, fragte sie geschäftig. Farah zögerte. Würde die Stute ihren Dienst verweigern, wenn sie Errens richtigen Namen hörte? Doch da stieß die Stute beim Reinigen auf die Narben, die unter dem Schlamm verborgen gewesen waren.

»Erren«, schnaubte sie erschüttert und beeilte sich etwas mehr bei ihrer Arbeit. »Er hat mich gewarnt, als einige Bürger mich als Hexe angeklagt hatten. Ich bin so schnell ich konnte von Kilgrim nach Errendale gezogen. Ich habe ihm mein Leben zu verdanken!«

»Er hat aber auch viele Pferde getötet«, schnaubte Farah leise und begann, der Stute bei ihrer Arbeit zu helfen.

»Ja, das hat er. Und einige von ihnen hatten den Tod tatsächlich nicht verdient, doch er tat es nicht für sich. Er hat vielen geholfen, die sein trauriges Schicksal teilten.«

»Wird er wieder gesund werden?«, fragte Farah besorgt. Die alte Stute begann ein paar Blätter zu zerkauen, die sie aus ihrer Hütte holte und verteilte den grünen Brei vorsichtig auf den schrecklichen Wunden, die unter der Schlammkruste zum Vorschein gekommen waren.

»Wir müssen ihn kühlen, dann wird sich das Fieber senken. Und er muss viel trinken«, schnaubte sie. Dass sie ihr nicht antwortete, machte Farah nur noch nervöser. Erren zitterte und schwitzte am ganzen Leib und es war alles nur ihre Schuld! Warum hatte sie nicht daran gedacht? Jedes Pferd wusste doch, dass es bei offenen Wunden nichts Schlimmeres, als verdrecktes Wasser gab. Andererseits – hätte sie Erren nicht ins Wasser gestoßen, wären sie beide womöglich jetzt nicht mehr am Leben.

Als der Abend herein brach, erwachte der goldene Hengst endlich aus seinem Tiefschlaf. Als er bemerkte, dass er sich an einem fremden Ort befand, wollte er aufspringen, doch Farah schob ihn sanft auf sein provisorisches Feldbett zurück.

»Wo hast du mich hingebracht?«, hauchte er schwach. Als Farah ihm eine Schale mit Wasser zuschob, begann er jedoch nur gierig zu trinken.

»Mein Schädel tut weh«, klagte er dann und ließ sich mit vor Schmerz zusammengekniffenen Augen auf sein Bett zurück fallen. »Was hast du dir nur dabei gedacht? Ich hatte alles unter Kontrolle.«

»Alles unter Kontrolle? Ja, sicher«, schnaubte Farah amüsiert, »Mal abgesehen davon, dass dir die liebe Gretel ein Bein in eine Schiene legen und dich den ganzen Tag über mit nassen Tüchern abdecken musste, damit dich deine Verletzungen nicht umbringen.«

»Ich hätte Smog bis zum Tod bekämpft, wenn es hätte sein müssen!«, Erren hob leicht den Kopf, um Farah giftig anzustieren, doch die Stute blieb davon unbeeindruckt.

»Ich erinnere mich daran, dass mir einmal ein Hengst gesagt hat, ich solle meine scheinheiligen Freundlichkeitsfloskeln unterlassen. Daran halte ich mich jetzt, Erren! Und du solltest es endlich aufgeben, nur um deines Stolzes Willen dein Leben aufs Spiel zu setzen!«

Erren ließ trotzig den Kopf nach hinten fallen und begann sofort wieder vor Kälte zu zittern.

Farah legte ihm frische, feuchte Tücher über den Bauch und schob ihm dann eine Schale mit einer pampigen Mischung aus Heilkräutern hin.

»Was ist das?«, fragte Erren angewidert, als der ekelhafte Gestank der Kräuter in seine Nüstern drang.

»Thymian, Ehrenpreis, Enzianwurz und Holunderbeeren gegen das Fieber und Weidenrinde gegen die Schmerzen.«

Erren würgte die Pampe nach einer Weile zögernd hinunter und schloss dann die von Tränenflüssigkeit verkrusteten Augen, um weiterzuschlafen.

Er hätte sich wenigstens bedanken können, dachte Farah verbittert, als sie aufstand und Gretel die leeren Schalen zurück brachte.

»Du musst viel Geduld mit ihm haben, mein Kind«, schnaubte die Stute zärtlich, als sie Farah beruhigend eine Strähne aus dem Gesicht strich. »Du bedeutest ihm sehr viel, doch er möchte es nicht wahr haben.«

»Aber warum denn nicht? Was mache ich denn falsch?«

»Oh nein, der Fehler liegt nicht an dir, Kleines!«, schnaubte Gretel traurig. Farah hob den Kopf und sah ihr in die vom grauen Star getrübten Pupillen, als die Stute ihr mit einem leidvollen Blick den Kopf zuwandte. »Er hat einfach Angst, dich zu verlieren.«

Kapitel 20

Farah half Gretel jeden Tag neues, frisches Wasser und Heilkräuter herbeizuschaffen. Seit einer Woche waren Erren und sie nun hier und dem goldenen Hengst begann es langsam wieder etwas besser zu gehen. Zumindest schaffte er es nun endlich, alle vier Beine gleichermaßen zu belasten und so ein wenig herumzulaufen.

Gretel hatte Farah viel über die Kräuterheilkunde gelehrt und schon bald konnte sie die Kräuter von selbst erkennen, die bei Krankheiten und körperlichen Leiden Linderung verschafften.

Als sie noch in den wohlbehüteten Hallen ihres Königreiches gelebt hatte, hätte sie niemals zu träumen gewagt, einmal ein solches Wissen zu besitzen. Sie wusste, wie man kämpfte, sie wusste, wie man in der Natur überlebte und sie hatte nun auch gelernt, wie man sich heilen konnte, wenn man verletzt war.

»Bleibt mir mit dem Fraß bloß vom Leibe! Ich habe schon das Gefühl, dass das Wasser aus der Regenrinne danach schmeckt«, brummte Erren, als Farah ihm eine weitere Schale der fieber-senkenden Kräuter brachte.

»Du wirst das jetzt essen, ob du willst oder nicht!«, schnaubte

Farah entschlossen und schob ihm die Schale hin. Erren blickte nur mit erhobener Augenbraue von oben auf sie herab, ohne sich zu rühren.

»Zwing mich doch!«, keuchte er angestrengt, jedoch mit einem ganz dezenten, verschmitzten Lächeln auf den Lippen. Er senkte spielerisch drohend den Kopf. »Wenn du mich besiegst, werde ich es tun.«

»Netter Versuch!«, schnaubte Farah unbeeindruckt und drehte sich ohne ein weiteres Wort um. Sie spürte seinen Blick in ihrem Nacken wie zwei messerscharfe Schwertspitzen.

Doch von Schwertern konnte Farah nur noch träumen. Ihr eigenes Schwert hatte sie verloren, als sie in den Fluss gestürzt war und Erren hatte seines vor Überraschung an der Klippe fallen lassen, als sie ihn in die Fluten gestoßen hatte. Ihre Gurte mit ihrem gesamten Proviant hatten sie im Räuberlager zurück lassen müssen. Sie hatten weder Geld noch Verteidigungsmöglichkeiten. Das erschwerte natürlich ihre Weiterreise.

Und es versetzte Farah einen Stich in den Magen, wenn sie daran dachte, dass sie Gretel für ihre Hilfe rein gar nichts entgegenbringen konnten.

Doch Gretel schien gar nichts im Gegenzug zu erwarten. Farah sprach unheimlich gern mit ihr und die alte Stute schien nach so vielen Jahren im Exil wahrlich aufzublühen, sobald man ihr etwas Beachtung schenkte.

»Wir gehen!«, schnaubte Erren wenige Tage später. Seine Wunden hatten sich beinahe geschlossen, doch sein Fieber war noch nicht ganz auskuriert. Doch, ganz in seiner Manier, hielt er nicht sonderlich viel davon, herumzuliegen, wenn er eigentlich doch bereits wieder viel wichtigeren Dingen nachgehen konnte.

Farah gelang es nicht, sich ihm zu widersetzen, denn er lief bereits ohne ein Wort des Dankes an Gretel in Richtung Errendale davon.

»Du brauchst dich nicht zu bedanken, mein Kind«, schnaubte Gretel plötzlich hinter ihr, »Das war meine Art, mich für seine Hilfe zu revanchieren.«

Die graue Stute reichte Farah eine Tasche, in der ein Fläschchen mit einer grünen Flüssigkeit steckte.

»Wenn du merkst, dass er sich übernimmt, mische ihm etwas davon in sein Essen. Es senkt den Blutdruck und wird ihn für eine Weile schlafen lassen. Das wird ihm gut tun.«

»Hast du davon vielleicht noch mehr?«, fragte Farah mit deutlicher Ironie in ihrem Tonfall. »Ich wette, ich könnte das Zeug mehr als einmal gebrauchen. Vor allem, wenn er wieder eine seiner Launen hat.«

Gretel lachte amüsiert auf und schüttelte dann den Kopf.

»Eine wird dir reichen, mein Kind. Und nun beeil dich! Sonst läuft er dir noch davon.«

Farah drückte sich dankbar an Gretel und schickte sich dann, Erren einzuholen.

Sie hatten nun endlich Errendale erreicht. Beißende Kälte kroch Farah unter den Pelz. Sie hatte weder einen Mantel, noch eine schützende Decke und ihr lief ein kalter Schauer den Rücken hinunter, wenn sie daran dachte, wie es erst dem noch immer fiebrigen Erren ergehen musste.

»Hast du dich schon entschieden?«, fragte er Farah nach einiger Zeit , ohne sich nach ihr umzublicken. Die Stute legte den Kopf in den Nacken und blickte zum Himmel auf.

»Es wird bald schneien«, schnaubte sie, »wir sollten uns

Unterschlupf suchen.«

Der goldene Hengst hatte natürlich genau gemerkt, dass sie seiner Frage ausgewichen war, doch er fragte nicht noch einmal. Keine Antwort war schließlich auch eine Antwort.

Die Stadt war in äußerst guter Stimmung, als Erren und Farah gegen Abend Errendales Hauptstraße erreichten. Überall arbeiteten tüchtige Pferde singend und summend durch die Gegend. Ob das wohl an der neuen Regierung lag?

Errendale war kein Vergleich zu ihrem Besuch in Folksmorth vor über einem Monat. Die Stadt strahlte eine enorme Ruhe aus und man spürte förmlich, wie neues Leben durch die Adern des Van Alvarr Reiches strömte.

»Wir können nicht in der Stadt bleiben«, schnaubte Erren leise, als er Farahs sehnsüchtige Blicke bemerkte, während sie an mehreren Pensionen vorbei schritten. Farah konnte ihn verstehen. Sie hatten weder Geld, noch Brot und würden sich ein Zimmer wahrscheinlich gar nicht leisten können.

»Hast du eine Idee, wo wir bleiben können?«

Erren schüttelte den Kopf und führte Farah weiter. Ohne einen Zwischenstopp einzulegen, verließen sie die Stadt und kamen an die Brücke, die über die Nieße führte. Die einzige Verbindung zwischen den Reichen Keldor und Van Alvarr.

»Sie haben ihre Grenzposten noch nicht abgezogen...«, schnaubte Farah sorgenvoll, doch Erren hob den Kopf und ging voller Selbstbewusstsein auf eine der Wachen zu. Der dunkelbraune Hengst begrüßte ihren Begleiter mit einem freundlichen Schnauben, dann nickte Erren Farah zu und bedeutete ihr, ihm nachzufolgen.

Die Wachen ließen die beiden ohne Widerstand passieren,

was Farah äußerst verwunderte. Wachposten standen an beiden Enden der Brücke, um sicherzugehen, dass kein Bürger die Grenzen ohne Genehmigung überschritt, doch warum sollten Eiriks Wachen einen Räuber durchlassen, der das Königreich ihres Gebieters verriet?

»Sie wissen, dass sie die Hälfte meiner Belohnung erhalten, wenn ich zurückkomme«, schnaubte Erren kühl, als sie die Brücke überquerten.

Bestechung also. Farah hätte es sich denken müssen. Sie war schließlich mit einem Räuber unterwegs.

Als Farahs Hufe auf dem vertrauten Boden ihres Königreiches aufsetzten, konnte sie ihr Glück kaum in Worte fassen. Sie hatten es geschafft! Von hier aus war es nunmehr noch ein Steinwurf, bis zur Keldorburg.

Die fuchsfarbene Stute buckelte stürmisch, als sie die weiten Felder erblickte, die vor ihnen lagen. Erren trottete unbeeindruckt neben ihr her, obgleich Farah merkte, dass ihn ihre Freude doch sehr zu amüsieren schien.

Das Reich Keldor zeichnete sich durch seine weiten, hügeligen Graslandschaften aus. Es gab hier nur sehr wenige Wälder, weshalb Farah als Fohlen oft davon geträumt hatte, einmal in einem richtigen Wald spielen zu dürfen.

Vereinzelt wuchsen ein paar Baumgrüppchen auf dem Grasland, doch die Erde war für mehr einfach nicht fruchtbar genug.

Darum lebte das Reich Keldor hauptsächlich vom Handel mit Stoffen, Ziegenmilch, Leder und Wolle, die ihre Hirten von ihren Schafen, Ziegen und Rindern gewannen.

Plötzlich knickte Erren neben ihr um und stürzte, laut polternd, zu Boden. Farah hatte gar nicht bemerkt, wie stark er in den letzten Stunden zu schwitzen und zu lahmen begonnen hatte. Sie hätte darauf achten müssen, dass er sich ordentlich schonte.

»Lass uns eine Pause machen!«, schlug sie deshalb vor, doch Erren erhob sich nur trotzig schnaubend mit zitternden Beinen zurück auf die Hufe.

»Hab nur einen Stein im Weg übersehen! Es ist alles in Ordnung!«

Grob stieß er Farah zur Seite und marschierte weiter. Doch das würde sie ihm nicht so einfach durchgehen lassen. Gretel hatte ihr ausdrücklich gesagt, dass er sich schonen musste.

»Ich gehe keinen Schritt mehr weiter!«, schnaubte sie dann und setzte sich demonstrativ auf ihre Hinterhand. Erren blieb stehen und blickte über seine Schulter zurück, dann seufzte er genervt und gesellte sich zu ihr.

Farah scharrte mit ihren Hufen eine Kuhle in den sandigen Boden und legte etwas trockenes Gras hinein. Sie holte zwei Feuersteine aus ihrer Tasche, die ihr Gretel mitgegeben hatte und entzündete einen kleinen Brand. Dieses Mal qualmte es jedoch nicht, so, wie bei ihrem ersten Versuch.

Dann reichte sie Erren einen Schlauch voll Wasser, den er dankbar annahm und gierig zu trinken begann.

»Gretel hat mir Medizin für dich mitgegeben, die du-«

»Keine Chance!«, fiel Erren ihr ins Wort, »Ich bin gerade aus dieser Hölle entkommen! Mir geht es gut, glaub mir!«

»Ja, so gut, dass du aus den Nüstern blutest!«

Schockiert warf Erren seinen Kopf herum und rieb seine Nüstern an seinem weißen Vorderbein ab. Als er bemerkte, dass seine Schnauze tatsächlich blutig war, wandte er Farah den Kopf zu und nickte dann.

»In Ordnung«, schnaubte er und riss ihr das Fläschchen aus dem Maul. Er nahm es zwischen die Zähne und reckte dann den Kopf in die Höhe, um die Flüssigkeit in seinen Hals zu kippen, dann legte er es vor sich ab und blickte Farah herausfordernd an.

»Jetzt zufrieden?«

Farah lachte und drückte dann sanft seinen Kopf herunter. Erren legte sich auf die Seite und streckte erschöpft alle Viere von sich, während Farah begann, ihn mit Gras gegen die eisige Kälte der hereinbrechenden Nacht zuzudecken.

»Was hast du mir da eigentlich gegeben?«, gähnte er nach einer Weile, als das Mittel langsam zu wirken begann. Farah legte sich zu ihm und wärmte seinen Rücken.

»Hopfen und Baldrian. Damit du etwas schlafen kannst. Du sollst doch gesund werden.«

Erren blinzelte noch ein paar Mal vor Müdigkeit, doch eine Widerrede brachte er nicht mehr zustande.

Manchmal kam er Farah wirklich vor, wie ein ungezogenes Fohlen, dem seine Mutter nicht beigebracht hatte, was gut für ihn war. Aber was erwartete sie denn auch? Er hatte Zeit seines Lebens bei einer Bande ungesitteter Räuber verbracht, bei denen der erste Mord als Statussymbol der Ehre angesehen wurde.

Mit einem sorgenvollen Gefühl in der Magengegend schlief sie ein. Würde sie es übers Herz bringen, Erren in diesem Zustand zurückzulassen, wenn sie nach Hause ging?

Er gehörte in die Wildnis. Sie konnte sich nicht vorstellen, dass dieser Hengst ein Leben in Sitte und Ordnung führen konnte, wie es bei Hofe üblich war.

Ihr Vater hätte sicherlich kein Problem damit, ihm eine Stelle bei Hofe anzubieten, als Gegenleistung dafür, dass er seine Tochter wohlbehalten nach Hause gebracht hatte – obwohl er es ja in erster Linie gewesen war, der sie entführt hatte.

Doch Erren würde sich in Keldor sicher wie ein eingepferchter Wolf fühlen.

Und Farah verstand es, denn im Grunde genommen waren sie sich beide sehr ähnlich. In ihnen schlugen zwei rebellische Herzen, die sich eigentlich nur nach einem in ihrem Leben mehr sehnten, als nach Ehre – Und das war Freiheit.

Kapitel 21

Erren hatte sich endlich einen Rang in der Räuberbande erkämpft. Der junge Philipp, der ihm seit Errens Namensverkündung wie eine Klette am Schweif klebte, wich ihm auch nun nicht von der Seite. Inzwischen hatte allerdings auch er seinen Namen erhalten.

Er nannte sich Smog. Eine Woche zuvor hatte er in Sköllsmog, einer Stadt im Nordwesten, eine Händlerfamilie überfallen und zwei Pferde aus dem Hinterhalt erschossen. Er selbst rief sich manchmal sogar, großmütig wie er war, ›Der Drache des Westens‹.

Smog und Erren waren trotz ihres Altersunterschiedes unzertrennlich geworden. Der hellbraune Hengst arbeitete, wie Erren auch, hart an seinem Rang in der Räubergruppe.

Erren hatte meist noch Schwierigkeiten, mit den großen Hengsten im Galopp mitzuhalten, doch er wollte nicht einfach aufgeben. Diese Hengste waren nun seine Familie und er musste einer von ihnen werden, wenn er überleben wollte. Dafür würde er hart arbeiten müssen. Doch harte Arbeit war er schon von der Köhlerei seiner Eltern gewohnt, also ermahnte er sich, die Zähne zusammenzubeißen und immerzu sein Bestes zu geben.

Nacht für Nacht ging er auch weiterhin noch hinaus in den Wald und trainierte hart an seiner Kondition. Wenn er bei Sonnenaufgang auf Patrouille gehen musste, hatte er meist nicht mehr als drei Stunden am Stück geschlafen. Das holte er bei Tage nach, wenn die anderen Räuber sich zur Ruhe legten und auf neue Beute lauerten. Sein leichter Schlaf half ihm dabei, dass er sofort zur Stelle war, wenn die Räuber plötzlich zum Angriff aufsprangen.

Durch sein Training wuchs Erren schnell heran und wurde mit der Zeit kräftiger und ausdauernder, als die meisten anderen Räuber.

Carrick war stolz auf seinen kleinen Schützling, der sich als außerordentliche Bereicherung seiner Truppe heraus stellte.

»Du darfst nie vergessen, dass wir nur rauben, was diese Pferde nicht verdient haben!«, schnaubte er ihm eines Nachts zu, als sie Seite an Seite, die Sterne beobachteten. »Was sie zu viel haben, machen wir uns selbst zu Eigen. Pferde, die nichts besitzen, sind vom Leben gestraft genug, als das bisschen Eigentum zu verlieren, für das sie hart gearbeitet haben.«

Erren sah den greisen Hengst mit großen Augen an und senkte dann würdevoll den Kopf. Er würde niemals ärmere Pferde töten, nur, um ihnen etwas zu nehmen, was er selbst haben wollte, ohne dafür arbeiten zu müssen.

Smog teilte jedoch seine Ansicht in dieser Richtung nicht. Er schnaubte Erren nur wütend ein paar Schimpfworte zu, als er ihn darauf ansprach und rauschte daraufhin davon, um sich einem weiteren Überfallkommando der Truppe anzuschließen.

Doch Erren nahm es ihm nicht übel. Der Umgangston zwischen Räubern war üblicherweise sehr hart aber dennoch herzlich. Smog hatte es gewiss nicht so gemeint.

Voller Trotz packte Erren seine Armbrust und stelzte alleine davon, denn er hatte bereits eine Ahnung, wie er seine Räuberfähigkeiten in Zukunft einsetzen wollte.

Wenn Eirik Kriegspläne hatte, musste er Boten an die umliegenden Dörfer aussenden, um Kämpfer für seine Kampftruppen zu gewinnen. Und genau diese Boten waren die Schwachstelle, an der er Eirik verletzen würde.

Die Informationen waren wertvoll und würden die anderen Königreiche mit Sicherheit interessieren.

Erren legte sich also Tag für Tag alleine auf die Lauer, während die anderen Räuber dafür sorgten, dass abends etwas auf den Tisch kam und sie nicht leben mussten, wie die ausgehungerten Hunde im Burggraben.

Monat um Monat verstrich und aus Erren wurde ein stolzer Hengst, dessen Narben für alle Zeit an seine zerstörte Kindheit erinnern würden.

Die Räuber hatten mittlerweile aufgegeben, ihn für seine Alleingänge zu schimpfen, denn vor allem im Winter waren sie froh, wenn er mit Fasanen, Wildschweinen und anderen Tieren zurückkehrte, die er erlegt hatte.

Smog begrüßte Erren jedes Mal mit überschwänglicher Freude und tat laut seine Bewunderung für seine außerordentlichen Jagdkünste kund. Erren hatte ihn immer als Bruder gesehen und er mochte es, wie Smog zu ihm aufblickte. Es machte ihn stolz, jemanden zu haben, der ihn bewunderte.

Eines Tages, als Erren gerade von seinem Alleingang zu seiner Truppe zurückkehren wollte, entdeckte er in der Ferne einen Hengst mit einer roten Schärpe, der in einem Höllentempo näher kam.

Der goldene Hengst duckte sich und legte seine Armbrust

an. Er zielte auf eines der Vorderbeine des Pferdes und schoss einen Pfeil ab, als es nahe genug gekommen war.

Der Bote stürzte und überschlug sich mehrere Male. Man hörte ein Geräusch, das dem Brechen eines Astes glich, als der Bote sich bei seinem Sturz zwei weitere Beine brach.

Erren schritt langsam auf den dunkelbraunen Hengst zu und entriss ihm die Schriftrolle, die er im Maul trug.

Carrick hatte ihm schon vor einiger Zeit das Lesen gelehrt und so erfuhr Erren, dass ein Anschlag auf eine Mühle in der Umgebung von Kilgrim und Carraigeer geplant wurde. Erren schoss dem Boten einen Pfeil in den Kopf, um sein Leiden zu beenden und brachte den Zettel zu Carrick.

Smog schien die beiden zu belauschen, als Erren Carrick davon erzählte.

Der alte Hengst war gar nicht begeistert, als er hörte, dass Erren einen Boten des Königs ermordet hatte. Doch als die anderen Räuber es heraus fanden, begannen sie, Erren wie einen Helden zu preisen.

»Wer sich mit dem König anlegt, muss gewaltig Eier haben!«, schnaubte ein alter Schecke lachend und zauste dem jungen Hengst daraufhin nur voller Stolz durch die Mähne.

Und von diesem Tag an wurde alles anders. Erren hatte sich durch seine gewagte Aktion so viel Respekt verschafft, dass er unbemerkt im Rang bis fast an die Spitze aufgestiegen war.

Doch Erren konnte nicht zulassen, dass die Mühle des armen Müllers niedergebrannt wurde. Der Hengst, dem sie gehörte hatte mit Sicherheit eine Familie. Und mit Feuer und Familien hatte Erren schließlich Erfahrung.

Er packte sein Schwert und seine Armbrust zusammen und reiste bei Nacht wieder einmal alleine von ihrem Standort im Norden des Alvarr Reiches hinunter in den Süden nach Carraigeer.

Er erreichte die Mühle zu später Nacht, völlig erschöpft, und klopfte endlich bei dem Müller an. Der mächtige Schecke öffnete die Tür einen Spaltweit und schlug sie Erren direkt vor der Nase wieder zu.

»Wir vergeben keine Almosen!«, schrie er von drinnen abweisend, doch Erren ließ sich nicht abwimmeln und klopfte erneut.

»Eirik will Eure Mühle niederbrennen!«, wieherte Erren verzweifelt durch das massive Holz hindurch. Der große Hengst öffnete nun die Tür wieder und blickte Erren direkt an.

»Wer bist du?«, fragte er misstrauisch. Erren neigte respektvoll den Kopf vor ihm, woraufhin der Hengst, noch misstrauischer, einen Schritt zurückmachte.

»Ich habe das bei einem Dienstboten gefunden.«

Erren reichte dem Hengst die Schriftrolle des Boten und er begann zu lesen. Doch schon bevor er die Seite halb durchgelesen hatte, schleuderte der Hengst ihm die Schriftrolle auch schon um die Ohren.

»Du willst mich wohl verarschen! Woher hast du das? Ich kenne dich nicht. Das hast du doch bestimmt gefälscht! Eirik mag ein Schuft sein aber etwas wie das würde er gewiss niemals wagen. Scher dich gefälligst von meinem Hof! Du willst meine Familie doch nur aus dem Haus haben, um unsere Wertsachen zu stehlen!«

Der Hengst schlug Erren erneut die Tür vor der Nase zu. Sollte seine Mühle doch brennen. Er hatte ihn schließlich gewarnt.

Als Erren mit hängendem Kopf davon stelzte, hörte er

den donnernden Hufschlag eines eilig galoppierenden Pferdes. Schon bald konnte der goldene Hengst den Schein einer Fackel erkennen, die von einer pfeilschnellen, schneeweißen Vollblutstute getragen wurde. Erren zog sein Schwert und erwartete das Pferd am Wegesrand. Als der Schein der Fackel sein helles Fell erleuchtete, schrak die Botin mit einem lauten Schrei zusammen und bremste stark ab, um nicht mit dem Fremden zusammen zu prallen, der da mitten im Weg stand und den Durchgang zum Tor des Hofes des gescheckten Hengstes versperrte.

»Wer seid Ihr denn? Ist es nicht etwas spät für eine Eilbotschaft an eine Mühle außerhalb der Dörfer?«

Erren blickte die Stute feindselig an und richtete sein Schwert auf sie.

»Ich komme im Auftrag des Königs! Wie könnt Ihr es wagen, Euch mir in den Weg zu stellen?«

Erren versuchte die Stute rückwärts von der Mühle fort zu treiben, doch sie blieb stur und rührte sich nicht vom Fleck. Stattdessen legte sie die Ohren an und ließ die Fackel auf den kahlen Steinboden fallen, um nach dem dreisten Hengst zu schnappen.

Da platzte Erren der Kragen. Er schwang sein Schwert und traf die schneeweiße Schulter der Stute, die sich sofort blutrot färbte.

Das Pferd ging nun voller Zorn mit ihrem eigenen Schwert auf den goldenen Hengst los. Erren hatte keine große Mühe, die Stute im Schwertkampf auf Trab zu halten. Dabei bemerkte er jedoch nicht, wie die Fackel am seichten Abhang des Weges ins Rollen geraten war und nun in einen Strohballen kullerte, der binnen Sekunden in reißenden Flammen aufging.

Erren verlor für einen Augenblick die Konzentration, woraufhin die Stute ihn entwaffnete und ihn stellte.

»Das ist Bjames Untergang! Der König hat ihn oft genug vor den Konsequenzen seines Ungehorsams gewarnt!«, schnaubte sie hämisch grinsend. »Hoffentlich überleben die Fohlen, anstelle ihrer Eltern, damit sie es später besser machen können, als dieses dreiste Gesindel!«

Erren raste ohne Vorwarnung auf die völlig erschöpfte Stute los. Er entwaffnete sie wütend wiehernd mit seiner typischen nach-vorne-Springen-und-Auskeilen-Technik, die er von Carrick gelernt hatte, bevor er sie voller Zorn von den Hufen stieß und ungezügelt auf sie einprügelte. Die Stute wusste gar nicht, wie ihr geschah, als Erren ihr seinen Kopf gegen die Stirn rammte und ihr mit Hufen und Zähnen große Wunden in ihr zartes, weißes Fell riss. Als sie versuchte, sich aufzurichten, rammte er sie in die Seite und stieß sie mit voller Wucht gegen die Mauer, die das Gelände der bereits lichterloh brennenden Mühle umgab.

Die Mauer stürzte in sich zusammen, als die Stute in sie hinein krachte, doch, noch bevor sie wieder aufspringen konnte, hatte Erren sich einen der großen Steinbrocken geschnappt und ihr damit den Schädel eingeschlagen.

Erschöpft atmend blickte Erren auf sein Opfer herab. Er hatte sie nicht töten wollen, doch sie hatte es darauf angelegt.

Doch wenn sie Eirik schon nicht berichten konnte, wer sie nach ihrer Tat ermordet hatte, dann musste er ihm wenigstens ein Zeichen hinterlassen.

Erren nahm einen Pfeil aus seinem Köcher und schnitzte drei Buchstaben hinein. RN.

Den Pfeil rammte er der Stute in die Flanke und galoppierte

dann davon, in der Hoffnung, dass der gescheckte Hengst seine Familie doch noch rechtzeitig hatte retten können.

Smog erwartete ihn im Schatten des nahe liegenden Waldrandes. Er hatte alles gesehen. Doch warum war er nicht eingeschritten?

Schweigend trabten die beiden zurück zu der Lagerstätte der Räuber. Doch irgendetwas war anders. Smog tat nun nicht mehr so, als beeindruckte Erren ihn. Stattdessen ignorierte er ihn nun vollkommen. Die Kälte breitete sich zwischen ihnen aus und ließ das Band zwischen ihnen letztendlich in eisige Splitter zerfallen.

Smog und Erren waren keine Freunde mehr. Sie waren Rivalen. Und was immer kommen mochte, Smog würde ihm nicht mehr bereitwillig helfen, so, wie er es sonst immer getan hatte...

Kapitel 22

Farah striff auf leisen Hufen durch das hohe Gras Keldors. Ab und an entdeckte sie ein paar Heilkräuter, die sie mitnehmen konnte, doch die meisten waren bereits vom ersten Frost vernichtet worden. Zu allem Überfluss hatte es nun auch noch zu schneien begonnen.

Als sie eine kleine Baumgruppe erreichte, machte ihr Herz einen Hüpfer. Träumte sie etwa? Dort, auf dem Baum, hingen zwei Schwertgurte, die genauso aussahen, wie die, die sie vor einigen Wochen verloren hatten.

Ohne darüber nachzudenken, wie sie überhaupt dorthin gelangt waren, galoppierte Farah auf den Baum zu, bremste dann jedoch scharf ab, als ihr dünkte, dass die Räuber unweigerlich in der Nähe sein mussten, wenn ihre Sachen hier waren. Schließlich hatten sie diese ja in ihrem Lager zurückgelassen.

Noch einmal würde sie sich garantiert nicht von diesem Lumpenpack hinters Licht führen lassen!

Tief ins hohe Gras geduckt, schlich sie sich vorwärts. Die langen Halme gaben ihr Sichtschutz. Als sie den Rand des hohen Feldes erreicht hatte, blieb sie stehen und lauschte, wartend. Nichts rührte oder bewegte sich. Alles war still.

Beinahe schon zu still.

Ein kalter Schauer lief Farah über den Rücken, als sie leise einen Schritt weiter wagte. Doch es blieb auch weiterhin ruhig.

Die einzige Bewegung ging von einem Windhauch aus, der durch den Baum fuhr und die Gurte mitsamt Errens angehängter Armbrust in Schwingung versetzte.

Erleichtert seufzte Farah auf, trottete auf den Baum zu und schnappte sich die Sachen, bevor sie damit wie der Wind davon galoppierte.

»Überraschung!«, wieherte sie freudig, als sie zurück bei Erren angelangt war. Die goldene Hengst hatte sich noch einmal hingelegt und etwas weiter geschlafen, doch als er Farahs Stimme hörte, schlug er gähnend die Augen auf.

Die hübsche Fuchsstute warf ihm seinen Schwertgurt vor die Hufe und grinste ihm stolz ins Gesicht.

»Dreimal darfst du raten, was ich gefunden habe!«

Erren riss entsetzt die Augen auf, als er bemerkte, dass Farah soeben ihre, von den Räubern gestohlene, Ausrüstung zu ihrer Lagerstätte gebracht hatte. Wusste sie denn nicht, dass das eine der einfachsten Fallen überhaupt war?

»Du törichtes Ding! Was hast du dir nur dabei gedacht?!«, fuhr er sie mit angelegten Ohren an, doch weiter kam er nicht.

Das hohe Gras um sie herum geriet ganz plötzlich in Bewegung, als die beiden von den mächtigen Leibern einer ganzen Horde Räuber umzingelt wurden. Ihnen an der Spitze stand Smog, der hellbraune Hengst und lachte hämisch.

Erren sprang auf die Hufe und drängte Farah zu ihrem eigenen Schutz hinter sich, als er seinem alten Räuberkollegen gegenüber stand.

»Was tust du hier?«, wieherte der goldene Hengst feindselig. Doch Smog spitzte nur die Ohren und legte ein selbstgefälliges Grinsen auf.

»Du bist wirklich nicht tot zu kriegen, was?«, schnaubte er herablassend. Erren warf den Kopf in die Luft und stampfte drohend mit den Hufen. Den braunen Hengst schien das jedoch nicht zu beeindrucken.

»Dein Plan, die Hofdame zu entführen war gar nicht mal so übel«, fuhr Smog daraufhin fort und schritt um Erren herum, um sich Farah näher zu betrachten. »Ich kann verstehen, dass du bei diesem scharfen Schnittchen irgendwann das Ziel vor Augen verloren hast.«

»Schwachsinn!«, schnauzte Erren ihn an und drehte sich, um wieder zwischen Smog und Farah stehen zu können. »Was willst du?«

»Ich will nur beenden, was ich begonnen habe! Etwas, das du niemals fertig bringen würdest, du Möchtegern-Räuberkönig!«

Mit diesen Worten zog Smog sein Schwert und sprang ohne Vorwarnung auf Erren los. Zornig wiehernd kugelten die beiden Hengste über den Boden und traten und bissen sich gegenseitig bis aufs Fleisch.

Farah riss den Kopf in die Höhe und blickte sich um. Zwei von Smogs Räubern trabten auf sie zu, um sie zu packen und sie zu verschleppen. Doch sie hatte schon einen Plan, wie sie die beiden überlisten konnte.

Sie lief ihnen entgegen und täuschte an, nach links auszuweichen. Als die beiden Pferde ebenfalls nach links sprangen, stieß Farah das von ihr aus rechte Pferd in die Seite und zog ihm das Schwert aus dem Gurt heraus.

Farah ließ die Klinge kreisen und schaffte es so, die beiden

Räuber ein ganzes Stück zurückzudrängen, bevor sie zwischen Smog und Erren ging, die sich einen schrecklichen Kampf um Leben und Tod gaben, bei dem das Ende schon jetzt absehbar war.

Erren hatte inzwischen sein eigenes Schwert erreichen können, das am Boden zwischen den umstehenden Räubern bei ihrer Ausrüstung lag, die Farah zurückgebracht hatte. Erren war noch immer nicht wieder ganz bei Kräften und steckte einen harten Schlag nach dem anderen ein. Er schaffte es mit seinem Schwert allerdings relativ gut, die kräftigen Hiebe seines Gegners abzuwehren, als dessen Tritte und Schläge, die er mit seinem Schwertknauf ausübte. Doch dann verbiss sich Smog zu allem Überfluss auch noch so fest in Errens Hals, dass leuchtend rotes Blut auf den Boden spritzte.

Zwei weitere Räuber griffen Farah nun von hinten an. Dem einen rammte sie den Schwertknauf ins Gesicht, dem anderen verpasste sie eine ordentliche Kopfnuss, sodass sie beide gleichzeitig wie Sandsäcke übereinander stürzten und K.o. gingen.

Schwer atmend blickte sie sich um und bemerkte erleichtert, dass Erren nun die Überhand über seinen Gegner gewonnen hatte.

Doch Smog hatte sich schnell wieder aus Errens Griff frei gestrampelt und verpasste dem goldenen Hengst einen derartig heftigen Kinnhaken, dass Erren betäubt von ihm herunter stürzte.

Smog stand auf und klopfte sich den Staub vom Pelz, als seine Räuber ihm siegreich zujubelten. Was bildete dieser Hengst sich eigentlich ein? Dachte er etwa, dass es etwas Besonderes war, ein krankes Pferd zu besiegen, das sich ihm nicht widersetzen konnte?

»Was ist nur aus dem König der Räuber geworden? Ich bin nicht einmal ins Schwitzen geraten!«, lachte Smog und verpasste Erren einen so heftigen Tritt in den Bauch, dass dieser sich vor Schmerz krümmte.

Dann hob der goldene Hengst den Kopf und rollte sich herum. Mit zitternden Beinen erhob er sich und senkte kampflustig den Kopf.

»Merk dir eines!«, schnaubte Erren mit kratziger Stimme. »Solange ich nicht tot bin, brauchst du dir nicht einzureden, dass du mich besiegt hast!«

»Das ließe sich einrichten!«, lachte Smog höhnisch und wandte sich dann an seine Räuber.

»Keiner von euch mischt sich ein, ja? Das ist ein Kampf zwischen zwei Hengsten und jeder von euch, der dazwischen geht, wird meine Klinge zu spüren bekommen!«

Die Räuber machten ehrfürchtig ein paar Schritte zurück, doch Farah verstand nicht recht, was hier gerade im Gange war.

War das etwa ein Kampf um die Führerschaft der Räuberbande? Oder ein Kampf um die Ehre? Oder war es schlichtweg nur ein Kampf zwischen zwei alten Rivalen?

Einer der Räuber, der Farah zuerst angegriffen hatte, zog sie an ihrem Schweif zu sich.

»Es ist besser, wenn du aus dem Weg gehst, junges Ding. Aus diesem Kampf wird nur einer lebend hervor gehen. Du willst ihnen nicht in die Quere kommen.«

Smog warf Erren ein Schwert zu und die beiden Hengste begannen mit gesenkten Köpfen, sich im Kreis zu umschreiten.

Errens weiße Blesse war von seinem eigenen Blut getränkt, das aus einer Platzwunde an seiner Stirn rann.

Farah hatte schreckliche Angst um ihn, doch er hielt sich tapfer auf den Beinen und das gab ihr neue Hoffnung.

Wäre er ein Ritter ihres Hauses gewesen, hätte er nach diesem Kampf mit Sicherheit die Ehrenverdienstmedaille überreicht bekommen. Doch das hier war kein Krieg. Es war ein Kampf unter Gesetzlosen. Und somit gab es auch keine Regeln.

Wenn Erren in diesem Kampf starb, dann würde es sich Farah niemals verzeihen können, die Bande auf ihre Spuren geführt zu haben.

Mit klopfendem Herzen und Tränen in den Augen beobachtete sie, wie Erren auf wackeligen Beinen seinem Feind in die Augen blickte und in diesem Moment bewunderte sie ihn für seine Tapferkeit.

Der goldene Hengst blickte sich ein letztes Mal zu ihr um, bevor Smog und er mit den Schwertern aufeinander losgingen.

Doch dieses Mal war sein Blick keine Ermahnung – sondern ein Abschied.

Kapitel 23

Nur wenige Tage, nachdem Erren versucht hatte, die Mühle des Schecken vor dem Feuer zu retten, führte er zum ersten Mal einen Trupp Räuber auf einer Patrouille an. Smog hatte seit Tagen kein einziges Wort mit ihm gewechselt und auch heute trottete er nur mit angelegten Ohren hinter dem goldenen Junghengst her.

Bis ein Schrei durch den Wald drang.

Die Räuber hielten abrupt an und lauschten. Das metallische Schlagen von Klingen durchschnitt die Luft wie ein eiskalter Blitz. Errens Ohren huschten instinktiv in alle Richtungen, um das Geräusch zu orten, bevor er ohne Vorwarnung herumsprang auf das Geräusch zugaloppierte. Die Räuber folgten ihm widerstandslos. Erren und seine Bande hätten dieses Wiehern noch aus hundert Furchenlängen erkannt.

Es war Carrick.

Smog folgte Erren dichtauf. Seit dem Tod des zweitrangigen Räubers vor ein paar Wochen, war Erren im Rang erneut aufgestiegen. Ihm höher stand nur noch Carrick, der alte graue Hengst. Wenn er starb, so bedeutete es, dass Erren der rechtmäßige Anführer der Räuberbande werden sollte.

Smog schien sich inzwischen damit abgefunden zu haben. Schließlich stand er in der Rangfolge nur einen Rang unter ihm und hatte somit beinahe dasselbe Stimmrecht, wie es Erren gewährt war.

Trotz, dass ihr Verhältnis sich seit Errens kleinem Ausflug verändert hatte, so wusste er mit Sicherheit, dass Smog alles tun würde, um zu verhindern, dass Carrick etwas zustieß. Das war das Einzige, was diese beiden Hengste nooch gemein hatten.

Der Trupp erreichte die Stelle des Kampfes Iedoch leider zu spät. Schleifspuren zogen sich vom Ort des Unglücks weg, einen sanften Abhang hinunter.

Am Fuße des Hügels stießen die Räuber auf Spuren einer Kutsche. Ein Gefangenentransport rollte in einiger Entfernung bereits über den Hügel in den dunklen Wald davon. Der Überfall auf Carrick war also geplant gewesen. Und nun würde er wahrscheinlich zur Alvarrsburg gebracht werden, wo seine Hinrichtung auf ihn wartete.

»Die Spuren führen Richtung Südosten«, schnaubte Smog nachdenklich neben Erren. »Sie werden wahrscheinlich in Wintersleven für einen kurzen Trunk haltmachen, bevor sie nach Kilgrim weiterreisen. Wenn wir schnell sind können wir ihnen bei Dornhall den Weg abschneiden.«

Erren blickte dem hellbraunen Hengst verwundert in die dunklen Augen, dann nickte er zustimmend.

Mit einem mächtigen Wiehern lotste er seine Räuber in die richtige Richtung. Er war jetzt ihr Anführer und sie folgten ihm. Doch Erren war nicht glücklich darüber. Irgendetwas sagte ihm, dass das nicht seine Bestimmung war. Irgendetwas, das er selbst nicht erklären konnte, zog sein Herz von dieser Räuberbande fort.

Die halbe Nacht galoppierten die Pferde durch die Wälder von Skjell. Sie machten zur Abkürzung einen Schlenker um die nördliche Stadt Wintersleven herum und schlugen den Weg in den Süden Richtung Dornhall ein.

Dornhall war ein Ort, der etwa zwischen der Alvarrsburg und Folksmorth gelegen war. Dort hatten die Räuber eine Höhle, deren Dach ein Loch hatte, durch das bei Regen Wasser herein tropfte.

Die Höhle war so schmal, dass sich keine zwei Pferde gleichzeitig durch den Eingang quetschen konnten. Nach hinten wurde sie dafür etwas geräumiger. Für die Nacht reichte sie den Räubern allerdings als guter Unterschlupf, um nicht entdeckt zu werden.

»Wir sollten nicht allzu lange bleiben«, schnaubte Smog erschöpft. Seine Schultern waren von schaumigem Schweiß bedeckt und seine Nüstern zitterten vor Anstrengung.

»Wir bleiben hier so lange, bis alle wieder genug Kraft zur Weiterreise haben!«, entgegnete Erren bestimmt. Smog neigte den Kopf vor ihm und wollte sich gerade abwenden, als Erren ihn zurück rief.

»Smog! Sie werden hier in der Nähe vorbei kommen, nicht wahr?«

Der hellbraune Hengst nickte mit schief gelegtem Kopf.

»Dann lege dich bitte auf dem Vorsprung über der Höhle auf die Lauer! Deine Beine könnten sicher etwas Ruhe vertragen. Ich werde dich ablösen, sobald der Mond den Himmel zu drei Vierteln überquert hat.«

Ohne ein weiteres Wort begab sich Smog auf seinen Posten

und duckte sich. Die Räuber unten in der Höhle fielen in einen tiefen Schlaf und schnarchten um Erren herum, der sich dösend an die Höhlenwand gelehnt hatte und sein eines Ohr gegen den kalten, feuchten Stein gepresst hatte.

Kurz vor der ausgemachten Wachablösung begann es an Errens Ohr zu kitzeln, als die Höhlenwand ganz leicht zu vibrieren begann.

Schnell ergriff Erren seine Armbrust und ein paar seiner signierten Pfeil, bevor er zu Smog eilte, der auf dem Vorsprung auf ihn wartete.

»Sie kommen!«, schnaubte der goldene Hengst und blickte sich geduckt um.

»Woher willst du das wissen?«, schnaubte Smog ungläubig. »Ich sehe nichts.«

»Ich habe sie gehört«, entgegnete Erren, woraufhin ihn sein Kollege nur anmaßend anlächelte.

»Du hast bestimmt nur ge-«

In diesem Moment war deutlich das Rattern eines Fuhrwerkes zu hören, das immer näher kam.

»Beim den großen Wäldern Skjells... du hattest recht!«, entfuhr es Smog erstaunt, bevor er flink zu seinem Schwert griff.

Erren legte die Armbrust an und zielte auf den Kopf eines der Pferde, die das Fuhrwerk begleiteten. Eine königliche Wache.

»Wie sicher sind wir, dass dieser Transport Carrick mit sich führt?«, fragte er. Smog neben ihm wackelte nachdenklich mit den Ohren.

»Nicht ganz sicher. Aber ihre Spuren führten sie in diese Richtung und die Zeit würde passen, also...«

Mit einem Ruck schoss Erren einen Pfeil ab und traf die Wache mitten ins Auge. Es wieherte nicht einmal mehr auf, sondern stürzte nur noch leblos zu Boden und war sofort tot.

Zwei weitere Pferde bemerkten sofort, dass einer ihrer Kollegen ermordet worden war und wieherten Alarm.

Das Kutschpferd begann zu galoppieren, doch Smog rannte und sprang ihm in den Weg und bremste ihn damit aus.

Erren erledigte indes die beiden weiteren Wachen aus der Ferne mit jeweils einem sauberen Augenschuss und trat dann näher, um die Tür des Gefangenentransports mit einem Schlüssel zu öffnen, den er einem seiner Opfer abgenommen hatte.

Doch hinter den Türen saß nicht – wie erwartet – Carrick, sondern zwei bekannte Schhwerverbrecher, die harmlose Dorfleute erst mit ihrer Verkäufer-Masche anlockten und sie dann in einer Seitengasse brutal zusammenschlugen, sie ausraubten und sie dann aufschlitzten, damit sie niemandem davon erzählen konnten.

Erren fiel das Lachen aus dem Gesicht, als sich der massige Kaltblüter und sein leichterer Kollege dankbar schnaubend an ihm vorbei in die Freiheit drängten und dann in Windeseile in Richtung Folksmorth davongaloppierten.

Wutschnaubend stapfte Erren zu dem Kutschpferd, zog sein Schwert und legte es ihm an die Kehle.

»Wo ist Carrick?«, schnaubte er äußerst zornig. Das Kutschpferd legte ängstlich die Ohren an und warf den Kopf nervös in die Luft.

»Mein Herr, ich bin nur ein Arbeiter der Winterslevener Kammer für Transporte. Ich befolge nur Befehle. Ich habe eine Familie zu ernähren! Bitte lasst Gnade walten!«

Erren rammte dem Pferd den stumpfen Knüppel seines Schwertes ins Gesicht, sodass der arme Arbeiter laut auf wieherte.

»Ein Depeschenbote passte uns in Wintersleven ab und meinte, dass der Räuber über die Westroute an Carrigeer vorbei zum Schloss gebracht werden soll, weil seine Bande ihm sonst sicher auflauert, um ihn zu befreien. Sie haben einen frischen Arbeiter eingespannt und sind in Eiltempo davon gerauscht. Wahrscheinlich haben sie die Alvarrsburg bereits erreicht. Bitte, ich befolge doch nur die Befehle des Königs! Wir wissen doch, was er mit Pferden anstellt, die sich ihm widersetzen!«

»Dann richte deinem König aus, dass Erren, der König der Räuber kommen wird und sich das zurückholen wird, was er ihm genommen hat!«

Mit diesen Worten versetzte Erren dem Pferd einen Hieb auf die Hinterhand, woraufhin dieses in voller Geschwindigkeit mit der Kutsche davongaloppierte.

»König der Räuber? Du hast dir selbst einen Titel verpasst?«, schnaubte Smog mit einem Anflug von Wut in seiner Stimme. Erren rammte sein Schwert vor sich in den Boden.

»Smog. Ihr müsst fort von hier! Du wirst meinen Platz in der Bande vertreten, solange ich fort bin. Ich werde Carrick alleine finden und versuchen, ihn zu befreien. Ich möchte nicht euer aller Leben für eine so gewagte Aktion riskieren.«

»Spinnst du?«, schnaubte Smog laut. »Einer für alle, was ist damit? Ist dir der Code und alles, was wir geschworen haben etwa nichts mehr wert?!«

»Ich kann so nicht weitermachen. Das ist nicht mein Leben!«

»Wir sind nicht mehr dein Leben? Was zur Hölle ist bloß in dich gefahren?!«

»Carrick hat mir schon einmal alleine das Leben gerettet. Das bin ich ihm schuldig. Oder muss ich dir diesen Teil deines Schwurs noch einmal näher erläutern?«

Smog blähte zornig die Nüstern und machte dann einen großen Schritt auf Erren zu.

»Erst tötest du im Zorn eine ganze Gruppe Knappen und alle sind stolz auf dich, dann tötest du eine Botin, die im Auftrag des Königs steht, und keiner sagt auch nur irgendetwas. Soll ich es ihnen sagen, was du getan hast? Dass du dem König deine Initialen hinterlassen hast? Dass du dir einen Titel verschafft hast? Sie würden dich töten, Erren! Ich könnte es tun! Einfach so!«

»Aber du tust es nicht, Smog. Weil uns mehr verbindet, als das. Wir sind Blutsbrüder – du und ich.«

Erren berührte sanft eine Narbe an Smogs Bein. Er hatte dieselbe Narbe an derselben Stelle.

»Hör zu, ich spüre deinen Zorn über mich und meinen wahrscheinlich zu Unrecht gewonnenen Rang. Und genau deshalb gebe ich dir die Möglichkeit, Anführer der Bande zu werden. Denn wahrscheinlich werde ich nicht zurückkehren.«

Smog blinzelte sich trotzig eine Träne aus dem Auge und wandte sich ab, dann wendete er sich noch einmal dem goldenen Hengst zu, um ihm einen knappen Abschied zu hinterlassen.

»Pass auf dich auf, du verrückter Idiot!«

Smog schnappte sein Schwert, trabte den Hügel hinab und weckte die Räuberbande auf. Erren blieb noch auf dem Vorsprung stehen und sah zu, wie seine Bande davon galoppierte.

Smog war kein ehrliches Pferd, das wusste Erren. Doch tief in ihm steckte noch immer der junge Hengst, den er damals kennen gelernt hatte.

Aufrichtig und Ehrgeizig nach Anerkennung strebend, war er einer der wenigen Neuzugänge seiner Bande, die es mit ihren Zukunftsplänen wirklich ernst meinten.

Erren und er waren sich sehr ähnlich und doch sehr verschieden. Und egal, wie weit sie auch entfernt sein mochten und wie sich ihre Beziehung im Laufe der nächsten Jahre noch ändern würde: Sie würden immer eines bleiben – Blutsbrüder.

Kapitel 24

Erren und Smog hieben mit ihren Schwertern aufeinander ein, wie zwei wild gewordene Raubkatzen. Schlag um Schlag verengte sich Farahs Magen immer weiter, bis ihr speiübel wurde. Sie fürchtete sich um Erren und noch viel mehr fürchtete sie sich davor, was diese Räuber mit ihr anstellten, wenn er von Smog besiegt wurde.

Der goldene Hengst stand nur noch äußerst wackelig auf den Beinen und legte all seine verbliebenen Kräfte in seine Verteidigungsstrategie. Geschickt wich er Smogs Schlägen aus und setzte einen Treffer, als dieser geradewegs an ihm vorbei stürmte.

Der hellbraune Hengst jedoch war viel stärker und ausgeruhter. Außerdem hatte er nicht mit seinen alten Verletzungen zu kämpfen. Ganz im Gegensatz zu Erren, der einen harten Schlag nach dem anderen einstecken musste und schließlich auch noch sein Schwert verlor.

Mit letzter Kraft gelang es Erren jedoch, Smog seinen Schädel gegen den Kopf zu rammen, wodurch er es schaffte, seinen Gegner ebenfalls zu entwaffnen.

Ohne zu zögern, ging Smog nun unbewaffnet auf Erren

los. Die beiden Hengste traten und bissen sich und keines der umstehenden Pferde wagte auch nur einen Atemzug zu tun. Diese Hengste waren im Blutrausch. Und sie würden erst aufhören zu kämpfen, wenn einer von ihnen das Zeitliche segnete.

Wenige Augenblicke später sprangen sie jedoch bereits blutüberströmt und schnaufend auseinander und umkreisten sich bedrohlich schnaubend.

Smog hatte Erren ziemlich übel zugerichtet. Der goldene Hengst hatte ein dick geschwollenes Auge, das er nur mit Mühe offen halten konnte. Trotzdem stieß er mit einem energischen Schnauben seine Hufe fest in den Boden und stand aufrecht wie ein Krieger.

Smog war sichtlich beeindruckt von Errens Darbietung, denn Furcht war aus seinen Zügen abzulesen. Furcht und Zweifel, ob er diesen Hengst wirklich so leicht besiegen konnte, wie er es sich erhofft hatte.

Farah lief ein kalter Schauer über den Rücken, als sie die schrecklichen Wunden entdeckte, die sich die beiden Pferde zugefügt hatten.

»Du weißt noch immer nicht, wann Schluss ist, was?«, schnaubte Erren, als er Blut vor sich auf die Erde spuckte. Smog riss erbost schnaubend den Kopf in die Höhe und stampfte drohend mit den Vorderhufen.

»Und du scheinst noch immer nicht gelernt zu haben, wann es an der Zeit ist, aufzugeben.«

»Du kennst die Regel, wann ein Feind besiegt ist. Und eher sterbe ich!«

»Na schön! Wie du willst!!«, wieherte Smog lachend und trieb Erren weiter im Kreis herum. Dass die beiden beobachtet wurden, schienen sie vergessen zu haben.

»Was ist nur aus uns geworden?«, schnaubte Erren schließlich traurig und blickte auf das Schwert, das in der Mitte des imaginären Kreises lag, auf dessen Umrisslinien sie sich bewegten.

»Was aus uns geworden ist? Was ist aus dir geworden, Erren? Du hast uns einfach verraten Du sagtest mir, du kommst zurück zu uns, doch du hast gelogen! Wir dachten, du wärst tot! Wir hätten dich gebraucht, als unsere halbe Bande bei einem Überfall abgeschossen wurde. Aber du hast mich und uns alle, deine einzige Familie, einfach angelogen! Hast du überhaupt versucht, Carrick zu retten?«

»Natürlich habe ich das, du Narr! Aber wenn es meiner sogenannten Familie nur um das Töten von ärmeren Pferden geht, um einen höheren Rang zu erreichen, dann ja, Smog. Dann möchte ich mit euch nichts zu tun haben!«

»Sagte der Hengst, der so viele unschuldige Pferde ermordete, um Informationen an andere Königreiche zu verkaufen und sich deshalb selbst König der Räuber taufte. Du bist kein Räuber, Erren! Du bist nichts als ein königlicher Arschkriecher, das bist du!«

»Ich bin Köhler, Smog. Und wir machen uns nun mal die Hufe schmutzig!«

Mit diesen Worten sprang Erren auf Smog zu, griff sein Schwert vom Boden auf und riss seinen völlig überraschten Gegner von den Hufen.

Smog trat wild um sich, doch in Erren war ein neues Feuer entfacht. Wie besessen rammte er Smog das stumpfe Ende seines Schwertes ins Gesicht und ignorierte die heftigen Tritte, die er dabei abbekam.

Schließlich gelang es Smog, sich herum zu wälzen und mit Erren den Platz zu tauschen. Der goldene Hengst weigerte sich stur, sein Schwert loszulassen, als Smog ihm voller Wucht mehrere Male in den Bauch trat.

Plötzlich erschlaffte Erren unter Smogs Gewalteinwirkung und ließ erschöpft den Kopf zur Seite fallen. Siegessicher wieherte Smog auf, versetzte Erren noch einen weiteren, heftigen Tritt und sprang herum, um sich seiner Bande zu präsentieren, die ihm johlend Beifall applaudierte.

»König der Räuber, am Arsch!«, brüllte Smog, hämisch lachend und trabte dann zu Farah, um ihr triumphierend einen dicken Kuss auf die Wange zu drücken. Farah jedoch konnte nicht fassen, was sie soeben gesehen hatte. Erren konnte nicht besiegt sein. Das durfte nicht sein!

»Große Fresse, nichts dahinter«, wieherte Smog seinen Hengsten zu, als er sein Schwert holte, um Erren den finalen Stoß zu verpassen, »Ich sage ja immer, dass die, die das Maul am weitesten aufreißen, meistens nicht genug Eier haben, um ihre Rolle auch zu Ende zu spielen.«

Smog grinste Farah schmierig an, als er seine Flanke viel zu nah an die ihre presste. Sie ekelte sich vor seinem widerlichen Charakter, doch wenn sie sich wehrte würde er ihr höchstwahrscheinlich einfach sein Schwert in die Brust stoßen. Und sie wollte nicht sterben.

»Was machen wir jetzt mit der Stute? Töten wir sie gleich oder versuchen wir so viel Geld wie möglich aus ihr heraus zu pressen und schlitzen sie erst dann auf?«

In diesem Moment wurde er von einem goldenen Blitz von den Hufen gerissen und schlitterte über mit ihm über den Boden. Erren hatte sich noch einmal aufgerappelt und mit letzter Kraft auf Smog geworfen. Es war ein Krachen zu hören, als Erren Smog die Schulter ausrenkte. Die beiden wanden sich noch ein paar Mal am Boden, dann sprang Erren auf die Beine und rammte sein Schwert nur ein paar Haarlängen vor Smogs Kehle in die Erde. Hatte er ihn vor Erschöpfung verfehlt?

Farah umschloss das getohlene Schwert fest mit den Zähnen. Sie hätte Erren gerne geholfen, den Kampf zu Ende zu bringen, doch da wandte er ihr den Kopf zu und hielt sie zurück.

»Dieser Hengst gibt auf.«

Farah blickte auf Smog herab, der mit weit aufgerissenen Augen zu Erren aufblickte. Farah dachte, Erren würde Smog töten, um seinen Platz in der Bande wieder einzunehmen, doch er verschonte ihn. Wieso tat er das?

»Ich sagte, dass ich dieses Leben nicht mehr leben kann, Smog. Und ich habe es ernst gemeint. Eirik ist tot. Es gibt für mich keinen Grund mehr, Pferde zu töten. Vor allem nicht meinen Blutsbruder. Ich werde dir keine Konkurrenz mehr sein. Nie wieder.«

Blutsbrüder? Farah verstand die Welt nicht mehr, als sie beobachtete, wie Erren Smog auf die Beine half. Sie wollte es nicht zugeben, aber es wäre ihr lieber gewesen, wenn Erren den Hengst getötet hätte.

Sie traute diesem Pferd nicht. Und irgendetwas in Smogs Blick ließ Farah erstarren. Auch, wenn Erren glaubte, dass sein ehemaliger Freund sich geschlagen gab, so spürte sie doch, dass irgendetwas nicht stimmte. Farah wendete ihren Blick nicht von dem kleinen, hellbraunen Kaltblut ab, das mit seinem zwischen die Hufe gesenktem Kopf schnaufend vor Erren stand. Einen Moment zu lang, starrte sie in seine Richtung, bis ihre Blicke sich trafen.

Smog war nicht dumm. Natürlich bemerkte er, dass Farah gerade mit sich selbst kämpfte, ob sie Erren warnen oder Smog gewähren lassen sollte. Der dunkle Blick des feindlichen Hengstes traf sie wie wie eine geschärfte Pfeilspitze und bevor Farah laut aufschreien konnte, da lehnte sich der Hengst nach vorne und riss blitzschnell den Dolch aus Errens Beinhalterung.

Smog zielte auf Errens Brust, doch der goldene Hengst konnte sich mit einem blitzschnellen Sprung zur Seite retten, als seine eigene Klinge ihn um Haaresbreite verfehlte. Smog schaffte es jedoch, ihn mit einem gezielten Tritt zu Boden zu stoßen. Farah riss sich indes von den beiden Räubern los, die, vor Schreck erstarrt, das fürchterliche Geschehen beobachteten und nicht einmal zu atmen wagten.

Und diese Situation machte Farah sich zum Vorteil.

Mutig, wie eine Löwin, galoppierte sie mit dem Schwert, das sie zuvor von dem Räuber erbeutet hatte, auf die am Boden kämpfenden Hengste zu. Erren trat mit aller Kraft um sich, seine Beine blutig von Smogs Messerhieben, die alle sein Herz verfehlt hatten. Doch wie lange würde Erren sich noch wehren können? Smog würde ihn töten, das stand außer Frage.

›Nicht, wenn ich ihn zuerst töte‹, dachte sie bei sich und biss dabei noch fester auf den Griff ihres geklauten Schwertes.

Die fuchsrote Stutezögerte keinen Moment lang, holte aus und stieß Smog die scharfe Klinge so tief in die rechte Schulter, dass sie vorne aus seiner Brust wieder austrat. Mit einem gellenden Schrei ließ Errens Angreifer seinen gestohlenen Dolch fallen und riss seinen Kopf herum zu der waghalsigen Stute, die das Schwert mit einem Ruck wieder aus seiner Schulter herausgerissen hatte.

Smog konnte seine Schulter nun nicht mehr belasten und lahmte. Sein Blut rann ihn am Bein herab, wie ein klebriges, dickflüssiges Rinnsal. Tränen des Schmerzes standen in seinen Augen, doch er biss die Zähne fest aufeinander und blähte zornig seine Nüstern, bevor er mit einem mörderischen Schrei auf Farah zu stürmte, sie mit einem Hechtsprung völlig unerwartet von den Beinen riss, ihr dabei brutal das Schwert aus dem Maul stieß und dann wild auf sie einstampfte.

Erst jetzt, als das Schwert dicht neben ihrem Kopf am Boden lag, bemerkte Farah, dass dessen Klinge von einem merkwürdigen, regenbogenfarbigen Schleier überzogen war, der sich mit Smogs dunklem Blut in zierlichen Spiralen und Marmorierungen vermischte. War dieses Schwert etwa in Gift getränkt worden?

Doch Smog gab Farah keine Zeit zum Nachdenken.

Inzwischen hatten sich einige der Räuber wieder gefasst und fixierten sie, sodass sie nicht wieder aufspringen und Smog überwältigen konnte. In seinem momentanen Zustand wäre ihr das mit großer Sicherheit sogar gelungen. Farah wehrte sich, doch als Smog ihr Schwert vom Boden aufnahm, es ihr an den Hals legte und zum Schwung ansetzte, um ihr die Kehle durchzuschneiden, knickte er ganz plötzlich ein.

Seine verletzte Schulter gab unter dem Gewicht nach und plötzlich begann der Hengst fürchterlich zu keuchen. Roter Schaum troff aus seinem weit aufgerissenen Maul, während seine Augen sich in ihren Höhlen ungesund verdrehten. Schreckliche Keuchgeräusche gingen von dem Pferd aus, das orientierungslos ein paar Schritte zurück taumelte und schließlich zuckend, zitternd und nach Luft ringend in sich zusammensackte.

Schaumiger Schweiß bedeckte seine Flanken, als der junge Hengst am Boden mit dem Tod kämpfte und dabei immer wieder Blut und Schaum hustete. Das Weiße in seinen Augen lief langsam rot an, bis ihm schließlich blutige Tropfen über die Wangen und aus den Nüstern rannen.

Erren nutzte die Zeit, um seinen Dolch vom Boden aufzusammeln, mühsam auf die Beine zu kommen und an seinen wehrlosen Feind heran zu treten.

Smogs leere Augen blickten ihn im letzten Überlebenskampf an. Und als ob sie sagen wollten ›Tu es!‹, nahm Erren seinen Dolch und erlöste Smog von seinem Leid, indem er seine Klinge tief in den Hals seines Feindes stieß. Er riss den Dolch zu sich und trennte mit dieser Bewegung die Luftröhre und die wichtigen Pulsadern seines Feindes durch.

Schon nach kurzer Zeit wurden Smogs Augen matt und es kehrte Stille ein. Erren erhob drohend den Kopf vor seinen Räuberkollegen, die ohne ein Widerwort von Farah abließen, welche sich mit zittrigen Beinen erhob und auf ihr Werk herab blickte. Zumindest auf ihr halbes Werk.

»Ich möchte, dass du ab jetzt ihr Anführer bist, Levens«, schnaubte Erren düster, »Ich will nichts mehr mit diesem Leben zu tun haben. Ja, ich habe euch jeden Tag vermisst, den ich in Dornhall verbracht habe und es fällt mir nicht leicht, euch für immer Lebewohl zu sagen, aber ich habe nun eine andere Bestimmung gefunden. Eine wichtigere Bestimmung.«

»Du warst immer ein einsamer Wolf, Erren«, Levens, der hübsche, helle Schecke neigte in Ehrfurcht den Kopf vor dem goldenen Hengst, »Du wärst mit deinem Sieg über Smog unser Anführer geworden. Aber wenn du gehen willst, werden wir dich nicht aufhalten. Das ist unser Gesetz. Dennoch muss ich gestehen, dass wir nie wieder ein Pferd wie dich in unseren Reihen haben werden. Du hast alles, was einen Räuber ausmacht und du hast Edelmut, Erren. Eine Eigenschaft, die vielen fehlt.«

Levens blickte bei den letzten Worten abschätzig auf Smogs schlaffen Körper herab.

»Darum habe ich ja auch dich als meinen Nachfolger gewählt. Mögen dich die Wälder Skjells auf ewig schützen, Levens.«

Die beiden Pferde verneigten sich ehrfürchtig voreinander und wechselten dann beschämte Blicke. So viel Ehrfurcht war unter Räubern äußerst unüblich. Mit so viel Glanz und Gloria konnte keiner von ihnen so recht umgehen, weshalb sie sich räuspernd voneinander trennten und schließlich zu dem einzig sachlichen Thema zurückkehrten, welches noch im Raum stand.

»Wer begräbt mit mir denn nun diesen armen Teufel?«, rief Levens in die Runde. Dann wendete er sich etwas leiser an den goldenen Hengst: »Auch, wenn er ein furchtbar feiger Anführer und sein Verstand vor Rache blind war, er war ein Teil von uns. So, wie du auch einer warst, Erren.«

Erren nickte würdevoll und packte beim Begräbnis, so gut es eben ging, mit an, Smogs Leichnam zu verscharren und ihm die letzte Ehre zu erweisen. Farah wusste nicht, was es war, doch Erren schien danach wie ausgewechselt zu sein. Sein Blick hellte sich auf, auch, wenn ihm wohl nicht nach Lachen zumute zu sein schien.

Es war, als sei mit dem Verlass seiner Bande eine große Bürde von seinem Herzen abgefallen, die ihn jahrelang bedrückt hatte.

Doch trotz des Sieges und dem glimpflichen Ausgang des Kampfes, sah Erren nicht gut aus.

Er mochte es sich nicht anmerken lassen, doch er war am Ende seiner Kräfte. Farah hatte Angst um ihn. Mehr vielleicht, als sie es sich zugestand und dennoch schickte sie ein stummes Stoßgebet gen Himmel, dass er ihre Ankunft im Hause Keldor noch miterleben würde.

Kapitel 25

Die Räuber reisten in aller Frühe des nächsten Tages ab und marschierten zurück über die Grenze des Alvarr Reiches.

Erren und Farah schlugen die entgegengesetzte Richtung ein, um Farahs Zuhause bald zu erreichen.

Sie kamen nur langsam voran, denn auch, wenn Erren nur trotzig den Kopf schüttelte, wenn sie ihm riet, eine Pause einzulegen, so wusste sie doch, dass er am Ende seiner Kräfte sein musste. War er sich überhaupt bewusst, wie schlecht es um ihn stand?

Bis zum Mittag marschierten sie ohne Pause. Farah eilte Erren mehrere Male zur Seite und stützte ihn, als er zu fallen drohte. Er sprach die ganze Zeit jedoch kein Wort zu ihr und bedankte sich auch nicht.

»Ich kann nicht mehr«, schnaubte die feuerrote Fuchsstute nach mehreren Stunden schließlich und blieb einfach stehen.

»Schau mal, ist das vielleicht dein Schloss, Prinzessin?«

Farahs vorgetäuschte Erschöpfung, um Erren zu einer Pause zu überreden, war mit einem Mal wie weggeblasen. Freudig wiehernd sprang sie auf und blickte die sanfte Anhöhe hinab und erkannte die Burg von Keldor. Sie war zu Hause.

Der vertraute Geruch von Heu und Schafen stieg ihr in die Nüstern, als sie den Kopf hob und tief durchatmete.

»Bringen wir's hinter uns«, brummte Erren düster und wollte gerade weiter laufen, als er plötzlich einknickte und erschöpft keuchend in sich zusammen brach.

»Um Himmels Willen, Erren! Ist alles in Ordnung?«

»Es geht schon! Ich bin nur umgeknickt. Alles gut!«

Doch das, war eine Lüge. Als Erren versuchte, wieder auf die Beine zu kommen, knickte er erneut um und stürzte zu Boden. Sein Fell war nass vor Schweiß und er schnaufte angestrengt. Farah presste ihm ihre Nüstern an den Hals und schreckte zurück.

»Erren, du bist ja furchtbar heiß!«

»Und das fällt dir erst nach all den Monaten auf?«, grinste er mit schmerzverzerrter Miene. Farah schnaubte erbost auf. Das war nicht die Zeit für unangebrachte Scherze.

»Du hast hohes Fieber. Du hättest dich schonen sollen!«

Erren ließ seinen Kopf zu Boden sinken und schloss vor Schmerz schnaufend die Augen. Die Wunden vom vorigen Tag waren tief und noch nicht behandelt worden. Wahrscheinlich hatten sie sich jetzt auch noch entzündet und Errens angeschlagene Gesundheit noch weiter in Mitleidenschaft gezogen.

»Gut, du hast mich überredet. Vielleicht sollten wir wirklich eine Pause machen.«

Zufrieden lächelte Farah und legte sich zu ihm, bis sie sicher war, dass er eingeschlafen war. Dann erhob sie sich und begann die fiebersenkenden Kräuter zu suchen, die die alte Gretel ihr gezeigt hatte.

Farah fand etwas wilden Thymian und ein paar Wurzeln einer Pflanze, die Grindor ihr seinerzeit als wundersame Heilpflanze angepriesen hatte.

Voller Elan kehrte sie an ihre Lagerstätte zurück und begann damit, die Wurzeln zu zerkauen und den Brei auf Errens Wunden zu verteilen.

Den Thymian legte sie ihm vor die Nüstern, damit er ihn sofort essen konnte, sobald er erwachte.

Erren schlief sehr lange, doch er schlief nicht ruhig. Er trat im Traum um sich und rief Namen, die Farah nicht kannte. Zu allem Überfluss schien sein Fieber sich nicht zu senken, sondern immer stärker zu werden.

»Erren. Steh auf, ich bringe dich zu einem Arzt!«, schnaubte sie schließlich, als sie es nicht mehr mit ansehen konnte, wie der goldene Hengst litt. Mit blutunterlaufenen Augen sah er sie an, als erkannte er sie nicht. Schließlich nickte er nur wortlos und versuchte aufzustehen, kippte jedoch sofort wieder zurück.

»Geh!«, schnaufte er erschöpft und schloss wieder die Augen. Doch Farah dachte nicht daran.

»Du hast mich bis hierher mitgezogen, bei Tag und Nacht, bei Regen und bei Sturm, ob ich wollte oder nicht und jetzt gibst du so kurz vor dem Ziel auf? Steh auf, Erren! Reiß dich zusammen oder es passiert was, darauf kannst du wetten!«

Erren schmunzelte nur, rührte sich jedoch nicht. Farah packte seine Mähne und wollte ihn hoch zerren, doch es half alles nichts. Erren konnte nicht mehr. Er war am Ende seiner Kräfte.

»Geh!«, schnaubte er schwach mit einem sanften Lächeln, das Farah noch nicht von ihm kannte. Kopfschüttelnd wich sie vor ihm zurück, doch er wandte seinen Blick nicht von ihr.

»Ich werde gehen, aber ich werde zurück kommen! Ich werde Hilfe holen!«, entgegnete sie trotzig und trabte in Richtung der Burg. Sie hatte keine Zeit zu verlieren.

»Farah!«, Farah zuckte zusammen, als sie Erren das erste Mal ihren richtigen Namen rufen hörte. Sie drehte ihm ihren Kopf zu und sah, wie er da im Staub lag. Um ihn herum nur hohes Gras und ein trockener Busch, der ihm etwas Schatten spendete. Er war das leibhaftige Elend.

Erren bedeutete ihr, näher zu treten. Der leidvolle Anblick ihres Freundes schmerzte sie so sehr, dass ihr die Tränen kamen. Mit hängendem Kopf trottete sie zu ihm und drückte liebevoll ihre Wange ganz nah an die seine. Dann zog Erren langsam, ganz langsam, seinen Kopf zurück, sodass sich ihre Nüstern zu einem sanften Kuss berührten. So verharrten sie eine Weile, wortlos. In ihren Ohren nur das Rauschen des Windes und das Wummern ihrer Herzschläge, die für einen Augenblick eins waren.

»Ich bin froh, dich kennen gelernt zu haben, Farah Esme Aabidah von Keldor.«

»Schweig!«, schnaubte Farah ihn an, »Das hier ist kein Abschied. Wir werden uns wieder sehen. Du vergisst, dass in Keldor die schnellsten Pferde von Skjell leben. Und ich bin eine von ihnen.«

»Vergiss mich nicht!«

Farah zog ihren Kopf mit Tränen in den Augen zurück und schnappte wimmernd nach Luft, bevor sie auf der Hinterhand herum sprang. So schnell sie konnte, raste sie in Richtung der Keldorburg davon. Die Entfernung hätte einen halben Tagesmarsch in Anspruch genommen, doch durch Errens konsequentes, unfreiwilliges Training mit Farah, hatte die Vollblutstute so viel Ausdauer aufgebaut, dass sie einen Großteil der Strecke in einem äußerst flotten Galopp hinlegen konnte und nicht länger als bis zum frühen Abend brauchte, bis sie die Tore der Burg endlich erreichte.

Farah klopfte völlig erschöpft an den Toren und sah sich kurze Zeit später einem äußerst verwirrten Ritter gegenüber, der sie anblickte, als sei sie ein Gespenst.

»Dem Himmel sei Dank!«, tönte es aus den Fluren, als die Botschaft von Farahs Rückkehr ihre Mutter erreicht hatte. Fatima, Farahs Mutter kam auf sie zugaloppiert und fiel ihr um den Hals, bevor sie ein paar Schritte zurück machte und mit großen Augen an ihrer Tochter herab blickte.

»Was ist denn mit dir passiert? Du bist so groß und kräftig geworden und sind das etwa Narben in deinem Fell?«

»Es ist eine lange Geschichte, aber ich habe nicht viel Zeit, weil ich-«

Plötzlich ertönte das Wiehern ihres Vaters durch die Gänge, als auch König Malik von Keldor Farahs Ankunft bemerkt hatte. Doch er klang nicht wirklich erfreut.

Fatima erschrak heftig, als sie Malik hörte und drängte Farah schützend hinter sich.

»Mutter, wo ist eigentlich Naira?«, fragte Farah dann auf einmal. Fatima ließ vor Trauer den Kopf hängen. Farahs Herz wurde plötzlich so schwer wie Stein.

»Deine Schwester erlag vor wenigen Wochen einer Epidemie, die sich in den Dörfern ausgebreitet hat. Eine Krankheit, die von den Schafen auf die Pferde übergegangen ist. Die erwachsenen Pferde konnten größtenteils geheilt werden, aber Fohlen...«

»Nein!«, entfuhr es Farah auf einmal voller Schock. In diesem Moment kam der König mit zwei Wachen an seiner Seite den Gang hinab gerauscht. In seinen Augen loderte ein äußerst zorniges Feuer, welches Farah große Angst einjagte.

»Ich weiß alles, du ungezogene Göre!«, schnaubte Malik erbost. Fatima stellte sich ihm in den Weg, doch Malik stieß sie nur grob zur Seite und riss Farah an der Mähne herum, als sie davon laufen wollte.

»Davongerannt bist du vor Eirik! Angelogen hat mich dieser Mistkerl, von wegen, du möchtest deine Ruhe haben! Du hast eine wichtige Allianz ins Wanken gebracht und dank dir haben wir nicht einmal die Möglichkeit ein vorteilhaftes Abkommen mit der Präsidentschaft auszuhandeln. Hättest du Aino geheiratet, hätten wir Vorteile fern abseits jeglicher Vorstellung gehabt! Aber das wird Konsequenzen haben, das schwöre ich dir!«

Nach diesen Worten ergriffen zwei Wachen die wehrlose Farah und begannen sie in Richtung des Kerkers zu schleifen.

Malik hatte sie und ihre Schwestern noch nie in den Kerker sperren lassen. Das hatte er sich gewiss von Eirik abgeschaut und Farah war alles andere als begeistert darüber. Aber im Grunde genommen schien sich Farah ohnehin sehr in ihm getäuscht zu haben. Dieser König war nicht länger ihr Vater. Aber eines wusste sie genau. Sie hatte eine Mission zu erfüllen!

Verzweifelt versuchte sie, sich von den Wachen loszureißen, doch es half nichts. Sie war zu erschöpft für einen Kampf.

»Vater, du verstehst nicht! Ich muss jemandem das Leben retten! Er stirbt, wenn ich nicht-«

»Du meinst den Räuber, mit dem du durchgebrannt bist? Man hat euch oft genug gesehen, Farah! Und wenn du glaubst, dass ich dich weiterhin ein Lotterleben mit so einem wilden leben lasse, dann hast du dich gewaltig geschnitten! Du wirst den Prinzen von Windmore heiraten! In einem Monat werden wir abreisen und bis dahin wirst du im Kerker genug Zeit zum nachdenken haben!«

Schwere Türen fielen hinter Farah zu, als die Ritter sie davon führten. Vor Zorn heulend weigerte sie sich gegen jeden einzelnen Schritt, den die Wachen sie voran trieben. Doch schließlich rastete das Gitter des Kerkers hinter ihr ins Schloss und Farah war gefangen.

Erren würde sterben. Alles war vorbei.

Und das war alleine ihre Schuld.

Kapitel 26

Eisige Kälte drang durch das Fenster ihrer Kerkerzelle, als die Nacht immer dunkler wurde. Es hatte wieder zu schneien begonnen und Teile des Landes waren bereits in eine dünne, weiße Schicht gehüllt.

Farah fröstelte es. Sie musste hier raus. Kein Pferd hatte das Recht, sie einzusperren und ihr vorzuschreiben, was sie zu tun hatte! Nicht einmal ihr eigener Vater konnte es ändern: Sie war keine Prinzessin mehr.

Farah hatte sich an die endlosen Weiten der Landschaften gewöhnt, wollte rennen, wollte laufen. Aber vor allem wollte sie Erren dabei an ihrer Seite wissen.

Zornig schnaubend wickelte sie sich ein paar der zerfetzten Jutesäcke um die Hinterhufe, die ihr als Schlafunterlage zur Verfügung gestellt worden waren und begann, so fest sie konnte, gegen die harten Gitterstangen ihrer Zelle auszutreten. Die Tür schepperte in ihren Angeln, doch sie zerbarst nicht.

Völlig erschöpft gab Farah es schließlich auf, kauerte sich in eine Ecke und vergrub den Kopf unter ihren Beinen.

Es wurde kälter. Erren musste inzwischen halb erfroren sein, wenn er es nicht doch irgendwie geschafft hatte, sich mit

Gras einzudecken. Doch der Schnee und die Kälte würden sein Fieber etwas senken. Das beruhigte Farah ein wenig.

Plötzlich vernahm sie ein Geräusch aus dem Zellengang und der Schein einer Kerze erhellte die Mauern. War es ihr Vater, der kam, um nach ihr zu sehen? Feindselig legte Farah die Ohren an.

»Mylady?«

Gott sei Dank! Es war Grindor. Der weiße Hengst stellte seine Kerze vor sich auf den Boden und blies freundlich durch die Nüstern, als er Farahs Umrisse in der Ecke der Zelle erblickte.

Die Fuchsstute sprang freudig auf die Hufe und trabte auf ihren alten Lehrer zu, der sie liebevoll musterte und seine Nüstern durch das Gitter streckte, um ihr eine Strähne von der Stirn zu wischen.

»Ihr habt ein großes Abenteuer erlebt, nicht wahr?«

Farah nickte, verlegen lächelnd. Das konnte man sehr wohl behaupten. Es kam ihr ja selbst alles wie ein allzu fantastischer Traum vor.

»Euer Vater sollte sich schämen, eine so kluge und talentierte Stute wie Euch einfach wegzusperren.«

»Er liebt mich nicht! Ich bin nur Mittel zum Zweck für ihn. Hat er mir all die Jahre etwas vorgemacht?«

Grindor schüttelte leicht den Kopf. Seine Ohren huschten in Richtung des Eingangs des Kerkers, um sicher zu gehen, dass niemand bemerkte, dass er hier war.

»Euer Vater liebt Euch sogar mehr als alle Eure anderen Geschwister, weil ihr ihm sehr ähnlich seid. Darum will er Euch um alles in der Welt beschützen. Aber er bemerkt dabei nicht, dass er Euch in ein großes Unglück treibt.«

Farah kullerte eine Träne die Wange herab, die sie sich tapfer an ihrer Schulter abwischte.

»Oh, was soll ich nur tun? Ich will nicht schon wieder gegen meinen Willen verheiratet werden. Erren wird sterben, wenn ich ihm nicht helfe!«

»Erren?«, schnaubte Grindor erstaunt. »Doch nicht etwa der aus Euren Büchern?«

Doch Farah nickte nur schweigend. Irgendetwas an ihrem Blick musste Grindor dazu gebracht haben, ihr zu glauben, denn ganz plötzlich legte er die Ohren nach vorne und wirkte viel aufmerksamer, als zuvor.

»Was ist geschehen?«

»Er wurde verletzt und das schmutzige Wasser der Nieße hat seine Wunden verunreinigt. Er war lange Zeit krank, doch als es ihm wieder besser ging, wurde er in einen neuen Kampf verwickelt und jetzt hat er hohes Fieber und kann nicht einmal mehr laufen!«

»Er bedeutet dir wirklich viel, nicht wahr?«

»Er hat mir gezeigt, dass ich mehr sein kann, als nur ein Mündel meines Vaters.«

»Und du ... liebst ihn?«

Farah zögerte und hörte in ihr Herz hinein. Es schlug bei dem bloßen Gedanken an die Berührung ihrer Nüstern von vor einigen Stunden schneller. Sie nickte mit vor Tränen feuchten Augen.

»Ich verstehe, Mylady«, Grindor hob seine Kerze auf und wandte sich plötzlich ab.

»Warte!«, schnaubte er Farah zu, als er, leise wie eine Katze, davonhuschte. Farah schnaubte gereizt auf. Als ob sie eine andere Wahl gehabt hätte. Schließlich waren die Türen zu ihrer Zelle aus dem härtesten Metall des gesamten Königreiches geschmiedet worden.

Kurze Zeit später kehrte Grindor mit einer Ledertasche im Maul zurück, die er Farah durch die Gitterstäbe reichte.

»Ihr kennt meine Faszination zur Medizin und zu Heilpflanzen. Als die Epidemie in unserem Land ausbrach, haben Gaius, der Hofarzt, und ich zusammen ein Medikament entwickelt, mit dem wir die ausgewachsenen Pferde gut behandeln konnten. Es senkte das Fieber und ließ die durch die Krankheiten hervorgerufenen, inneren Blutungen versiegen. Vielleicht hilft es Eurem Räuber ja auch.«

»Aber ich sitze hier fest!«, schnaubte Farah traurig. Grindor begann sich in den Gängen des Kerkers nach den Schlüsseln umzusehen, doch sie hingen nicht an der Stelle, an der sie sonst immer hingen, wenn Gefangene hier unten eingesperrt waren. Wahrscheinlich waren deshalb auch keine Wachen an den Eingängen postiert worden.

»Hör zu!«, schnaubte Grindor eindringlich, als er Farah die Tasche durch das Gitter wieder abnahm und sie sich selbst umhängte. »Ihr werdet morgen bei Tagesanbruch in einer Ecke Eurer Zelle liegen und keinen Mucks von Euch geben. Selbst, wenn die Wachen Euch ansprechen oder Euch anstupsen, werdet Ihr nicht darauf reagieren! Ich werde mich mit Gaius absprechen, dass er Euch in seine Räumlichkeiten bringt. Von dort gibt es einen geheimen Fluchtweg aus der Burg heraus, den Ihr nehmen könnt.«

Farah presste ihren Kopf durch das Gitter an die Schulter ihres alten Lehrers und schniefte bitterlich.

»Ich danke Euch so sehr! Ihr wisst nicht, wie viel mir das bedeutet.«

»Legt Euch nun schlafen, Farah. Ich verspreche Euch, dass alles gut wird.«

Mit diesen Worten trottete Grindor davon und ließ sie alleine im düsteren Kerker zurück. Farah lächelte, als sie daran dachte, wie sie ihrem Vater entwischen würde.

Sie schlief mit diesem zufriedenen Lächeln im Gesicht ein und träumte von ihrem Wiedersehen mit dem goldenen Hengst, den sie so sehr liebte und ohne den sie sich ein glückliches Leben einfach nicht mehr vorstellen konnte.

Kapitel 27

Am nächsten Morgen kamen, wie erwartet, ein paar Wachen an Farahs Zelle vorbei, um ihr das Frühstück zu bringen. Sie schnaubten jedoch nur verwirrt auf, als sie bemerkten, dass die Stute sich nicht rührte und beinahe leblos auf dem Boden, mitten in ihrer Zelle, lag.

Farah hatte eine theatralisch schmerzverzerrte Grimmasse aufgelegt, um ihre List noch dramatischer wirken zu lassen. Als die Wachen zu ihr herein kamen und sie an stupsten keuchte sie nur gurgelnd auf und verdrehte die Augen. Schaum hing vor ihren Lippen und ihre Zunge hing weit aus ihrem Maul heraus.

Als die Wachen verzweifelt auf wieherten, kam Grindor bereits in die Zelle gestürmt.

»Mylady! Geht es Euch gut? Meine Güte, was ist geschehen?«

Farah musste sich nun doch sehr zusammen reißen, dass sie nicht lachte. Grindor spielte seine Rolle des unwissenden, besorgten Lehrers wirklich verdammt gut.

»Sie rührt sich nicht! Sie reagiert nicht einmal auf Berührungen«, schnaubte eine der Wachen mit vor Angst geweiteten Nüstern.

»Oh nein! Das sieht mir ganz nach einer schlimmen Decepti-itis aus!«, wieherte Grindor, außer sich vor Sorge. Die Wachen schlugen nervös mit den Schweifen.

»Ist es etwas Ernstes?«, fragte die andere Wache besorgt. Grindor warf den Kopf herum und stierte den ohnehin schon verunsicherten Hengst bitterböse an.

»Sie wird sterben, wenn sie nicht sofort medizinische Hilfe bekommt! Holt Gaius! Schnell!«

Das ließen sich die Wachen nicht zweimal sagen. Sie legten ihre Waffen nieder und eilten, so schnell wie Silberpfeile, davon, um den Hofarzt zu alarmieren. Als sie außer Hörweite waren, konnte Farah sich nicht mehr halten und lachte aus voller Kehle heraus. Grindor verpasste ihr eine liebevolle Kopf-nuss.

»Ihr seid wirklich eine ganz gewiefte Füchsin, Mylady. Mit dieser Darbietung hättet Ihr bei den großen Festspielen von Amarran auftreten können und das ganze Publikum hätte gemeint, Ihr würdet wirklich auf der Bühne sterben.«

»Deceptiitis, Grindor? Du erinnerst dich, dass ich Latein-unterricht hatte, nicht wahr? Deceptio – Täuschung. Meine Tarnung wäre beinahe durch eine Kicher-Attacke aufgeflogen!«

»Schh, sie kommen zurück!«, brachte Grindor sie lächelnd zum Schweigen und drückte ihren Kopf etwas unsanft zurück in den Staub. Gaius, der alte, isabellfarbene Hofarzt, kam herbei getrabt, fühlte Farahs Puls und hob ihre Augenlider an.

»Sie muss sofort in Behandlung. Es steht äußerst schlecht um sie«, schnaubte er nach kurzer Zeit und begann Farah auf eine Tragebarre zu zerren, die die beiden Wachen ihm mitgebracht hatten.

Mit vereinten Kräften trugen sie Farah aus dem Kerker

heraus und brachten sie in die Räumlichkeiten des alten Arztes, der die Stute vor den Augen der Wachen sofort mit kalten Tüchern zudeckte.

»Sie braucht nun äußerste Ruhe! Ich werde mich schon um sie kümmern!«

Die Wachen neigten ehrfürchtig die Köpfe vor dem alten Arzt und trotteten in bester, gutgläubiger Manier davon. Gaius zog Farah die kalten, nassen Tücher sofort vom Leib, als er sie in Sicherheit wusste.

Sie sprang von der Barre herunter und schüttelte sich die Kälte und den fürchterlichen Staub des Kerkers aus dem roten Fell.

»Ich danke Euch so sehr! Aber was erzählt ihr meinem Vater, wenn er bemerkt, dass ich weg bin?«

»Es kommt immer wieder vor, dass Pferde im Fieberwahn zu wandeln beginnen,« schnaubte Gaius lächelnd. »Und wenn wandelnde Pferde ausgerechnet den Geheimgang finden, kann kein Arzt etwas dagegen tun. Schließlich hat er noch andere Patienten, um die er sich dringend kümmern muss.«

Farah nahm die Tasche mit den Medikamenten von Grindor entgegen und hängte sie in ihrem Gurt ein, bevor sie sich noch ein letztes Mal eng an die beiden alten Hengste schmiegte, die sie seit ihrer Kindheit begleitet hatten.

»Aus Euch wäre eine wundervolle Königin geworden«, murmelte Grindor sanft, als Farah sich von ihnen löste.

»Ich bin keine Königin. Ich bin frei«, entgegnete Farah und blickte in den Geheimgang hinter dem Medikamentenschrank, den Gaius ihr freigelegt hatte. Als sie einen Schritt tat, rief der Arzt sie jedoch noch einmal zurück.

»Eine Dosis am Morgen und eine am Abend. Ich kann nicht

garantieren, dass es ihm hilft, aber ich wünsche Euch alles Gute.«

Farah nickte dem Isabellen noch einmal freundlich zu, bevor sie zum Abschied auf die Hinterbeine stieg und schließlich durch den langen, dunklen Gang davon galoppierte.

Nicht einmal ihre kleine Schwester war noch am Leben. Hier hielt sie nichts mehr.

Nur Fatima tat Farah Leid. Aber wenn sie sich vorstellte, dass ihre Mutter sie wahrscheinlich ohnehin nicht mehr gesehen hätte, wenn sie Aino geheiratet hätte, linderte ihr schlechtes Gewissen wieder ein wenig.

Farah galoppierte über die schneebedeckten Weiten Keldors und betete, dass keine der Wachen sie von der Burg aus entdeckte.

Es würde nicht mehr lange dauern, bis die Sonne die dünne Schneeschicht geschmolzen hatte und all die Spuren, die sie hinterließ für die königliche Garde unsichtbar wurden.

Mit Müh und Not erreichte Farah die Stelle, an der sie Erren am Vortag zurückgelassen hatte, doch als sie sich umblickte, konnte sie ihn nirgends entdecken.

Verzweifelt wieherte sie nach ihm, erhielt jedoch keine Antwort. Farah suchte die Umgebung nach Spuren ab und entdeckte ein paar Schleifspuren, die zu einer kleinen Baumgruppe in der Nähe führten. Hatte sich Erren vor dem Schnee in Sicherheit gebracht?

Ihr Herz machte einen Satz, als sie einen kleinen Flecken goldenen Fells entdeckte, das unter einer Schicht Gras lag.

Er hatte es tatsächlich geschafft, sich für die Nacht einzurichten.

Die Stute galoppierte näher und stupse Erren freudig an, in

der Erwartung, dass es ihm schon wieder besser ging, doch er rührte sich nicht.

Farah stieß ihn an. Noch immer gab er keinen Laut von sich. Sein Körper war nicht mehr so heiß, wie am Vortag. Stattdessen fühlte er sich nun ganz kühl an. Viel zu kühl.

Farah steckte ihre Nase in die Tasche an Errens Schwertgurt und holte seine Feuersteine heraus. Dann rollte sie einige schwere Steine heran und entzündete ein Feuer, bevor sie sich wärmend hinter ihn legte und ihre Nüstern an seine Halsschlagader presste.

Sein Puls ging flach, wie das versiegende Rinnsal eines Schmelzwasserbaches im Sommer.

Hektisch kramte Farah die Ampulle mit der Medizin aus ihrer Tasche. Eine Spritze fiel heraus, die Farah zitternd aufnahm und bis zu einer Markierung mit dem Serum aus der Ampulle aufzog. Dann stach sie Erren vorsichtig die Nadel in den Hals und drückte ab.

Es passierte jedoch gar nichts.

Mit Tränen in den Augen packte Farah die Medizin wieder ein und legte ihren Kopf wärmend auf Errens Schulter. Doch er erwachte nicht. Selbst nach mehreren Stunden, atmete er noch immer flach und bewegte sich kaum.

»Du brauchst Wasser«, murmelte Farah und blickte zu einer kleinen Schneewehe im Schatten der Baumgruppe, die noch nicht geschmolzen war.

Farah fasste den Schnee zu einem Ball zusammen und schob ihn Erren stückchenweise ins Maul. Er schmatzte und schluckte, als der Schnee in seinem Maul zu Wasser wurde. Endlich! Er gab Lebenszeichen von sich! In Farah erwachte neue Hoffnung.

Sie schaffte nach und nach noch mehr Schnee heran, bis sie

der Meinung war, dass Erren genug Wasser getrunken hatte.

Dann begann sie neues Feuerholz und Heilkräuter zu suchen. Als es Abend wurde, löschte Farah das Feuer, damit der helle Schein von der Burg aus nicht bemerkt wurde. Dann deckte sie sich und Erren wieder mit Gras zu und wärmte ihn die ganze Nacht hindurch.

Die nächsten Tage verliefen nicht viel anders. Farah verabreichte Erren die Medizin, wie Gaius es ihr empfohlen hatte, und versorgte ihn mit geschmolzenem Schnee und Kräutern, die sie ihm vorkaute und ins Maul schob.

Doch sein Zustand verbesserte sich nicht. Allerdings wurde er auch nicht schlechter und das ermutigte die Stute, nicht einfach aufzugeben.

Fast eine Woche lang kümmerte sie sich jeden Tag um den gefallenen, goldenen Hengst und sorgte dafür, dass er alles bekam, was er benötigte, um wieder gesund zu werden. Doch am Ende des siebten Tages ging das Serum langsam zur Neige. Und Farahs Hoffnung ebenfalls.

Sie war zu spät gekommen. Ihr Vater hatte ihr die wertvolle Zeit geraubt, die sie benötigt hätte, um noch eine Chance auf Errens Rettung zu haben.

Schniefend zog Farah eine letzte Spritze mit dem Serum auf und drückte sie Erren unters Fell, bevor sie sich beide wieder mit Gras bedeckte und ihrem Freund vor Kummer schniefend die Flanke wärmte, obwohl sie wusste, dass es eigentlich keinen Zweck mehr hatte.

Farah hatte die Hoffnung endgültig aufgegeben.

Kapitel 28

Als Farah am nächsten Morgen erwachte, bemerkte sie sofort, dass etwas anders war. Es war kalt um sie herum. Bitterkalt.

Zitternd schlug sie die Augen auf, nur um festzustellen, dass der Platz neben ihr leer war.

Mit Entsetzen dachte Farah an Gaius Worte, dass fieberkranke Pferde oft wandelten. Mit klopfendem Herzen sprang sie auf die Hufe und blickte sich um, da entdeckte sie Erren, der nur ein paar Pferdelängen entfernt in der wärmenden Morgensonne lag.

Hatte er sich aus eigener Kraft dorthin bewegt? Farah trat näher und legte ihr Ohr an seine Nüstern, um zu überprüfen, ob er noch atmete. Doch sie hörte nichts. Sie stieß den Hengst an, doch er zeigte keine Reaktion. Aufgeregt presste Farah ihr Ohr an Errens Brust, doch ihr eigener Herzschlag war so laut, dass sie bei dem goldenen Hengst keinen Puls mehr wahrnahm.

Panisch sprang sie zurück auf die Beine und rannte zu ihrer Tasche, um nachzusehen, ob sie nicht doch noch etwas von dem Serum übrig hatte, doch die Ampulle war leer. Es war vorbei. Es war aus. Sie hatte alles verloren. Sie hatte für diesen Hengst ihr Königreich verlassen und nun war er fort. Was würde sie denn ganz alleine tun sollen? Sie konnte unmöglich nach Hause zurückkehren. Und als Bettlerin zu leben, widersprach gegen ihre Natur. Auch wollte sie nicht alleine losziehen. Lieber starb sie, als als vogelfreies Pferd von allen geachtet zu werden und Tag für Tag immer wieder um ihr Leben kämpfen zu müssen. Wenn sie tot war, würde sie wenigstens ihre kleine Schwester wieder sehen. Sie würde Erren wieder sehen.

Farah zitterte bei dem Gedanken und vor Verzweiflung rannen ihr die Tränen in Sturzbächen herab.

Schluchzend, zitternd und mit hängendem Kopf trottete sie zu Erren zurück und sank vor ihm in die Knie. Sein Fell schimmerte so hell im Sonnenlicht, als sei es aus echtem Gold gesponnen worden.

»Nein... Nein, nein, Erren, bitte. Lass mich jetzt bitte nicht alleine!«, wimmerte sie. »Ich habe doch sonst niemanden mehr.«

Eine dicke Träne kullerte über Farahs Wange, als sie sich erhob und ein paar Schritte vom leblosen Körper des Hengstes weg machte. Doch er lag noch immer völlig still. Ein Kloß bildete sich in ihrem Hals, als sie krampfhaft versuchte, ihre Tränen zurückzuhalten, doch schließlich gewannen ihre Gefühle Überhand und ließen die Stute hilflos in sich zusammensacken.

Vorbei war ihr Traum, vorbei ihr Abenteuer, das ihr Leben für immer verändert hatte. Allerdings auch das Leben, welches sie sich für ihre Zukunft erhofft hatte. Zusammen mit Erren.

Farah weinte noch einige Zeit lang den Schmerz aus sich hinaus, bevor sie sich zitternd auf die Beine erhob und einen Strauß weißer Schneestiefelchen pflückte. Einer wunderschönen Blume Keldors, die nur beim ersten Schnee zum Vorschein kam und innerhalb weniger Tage verblühte, um auf den nächsten Winter zu warten.

Ganz sachte legte Farah den Strauß auf Errens Flanke ab, bevor sie ihn noch einmal musterte. Er sah, trotz, dass er starke Wunden und Verletzungen von seinem Kampf mit Smog hatte, irgendwie glücklich aus. Ein ganz leichtes Lächeln umspielte seine Lippen, als ob er einfach nur glücklich gewesen wäre, jetzt und hier nicht alleine zu sein.

Farah nahm Errens Schwert aus der Scheide seines Schwertgurtes heraus und strich dann ihren mit ihren Nüstern noch einmal über die Wange ihres geliebten Räubers. Sein Kopf fiel schlaff zurück, als sie ihn noch einmal anstupste. Einen Moment lang glaubte sie ein Zucken zu bemerken, das durch seinen Körper gelaufen war, doch dann machte sie sich klar, dass sie es sich nur eingebildet haben musste.

»Dank dir habe ich endlich gefunden, was ich mir immer erträumt habe«, wimmerte sie verzweifelt. »Aber ohne dich ist das alles nichts mehr wert für mich. Du warst alles, was ich noch hatte und ich... Ich liebe dich – habe dich geliebt.«

Farah machte kehrt, schloss die Augen und legte das scharfe Schwert an das erste Vorderbein an. Es würde schnell vorüber gehen. Dann müsste sie nicht für den Rest ihres Lebens in Schmach und Schande leben. Nein. Lieber starb sie und war im Tod mit ihrem Erren vereint.

Gerade wollte sie zum Schnitt ansetzen, da spürte sie eine sanfte Berührung unter ihrem Kinn, die ihren Kopf anhob und sie davon abhielt, ihr schreckliches Vorhaben zu Ende zu bringen.

Erren stand neben ihr und presste seinen Körper dicht an den ihren.

»Was machst du denn da?«, schnaubte er besorgt. Seine Stimme war noch schwach, keine Frage, aber der glasige Schimmer von seinen Augen war fast vollständig verschwunden.

»Gib mir das mal«, brummte er und nahm der verwirrten Stute sachte das scharfe Schwert ab, um es aus ihrer Reichweite zu bringen. Farah blieb noch für einige Zeit an Ort und Stelle stehen und starrte Erren an, als sei er ein Gespenst. Es dauerte eine ganze Weile, bis sie aus ihrer Starre erwachte und Erren wütend anstierte..

»Ich dachte du wärst tot!«, entfuhr es ihr, äußerst aufgebracht. »Ich dachte, ich hätte dich verloren, du Schuft! «

Erren jedoch, lachte laut auf, als er sich mit einem schelmischen Grinsen vor sie stellte und ihr mit den Nüstern durch den Schopf wuschelte.

»Du solltest dich dringend umschulen, wenn du einen Toten nicht von einem Pferd unterscheiden kannst, das sich schlafend stellt.«

Nun platzte Farah endgültig der Kragen. Was bildete sich dieser arrogante Idiot eigentlich ein? Sie hatte um sein Leben gefürchtet!

Farah sprang auf, um ihre Tasche zu packen, obwohl sie genau wusste, dass sie nicht davon laufen würde. Sie liebte ihn und seine Art, sie immer wieder auf die Tanne zu bringen. Farah spürte Errens durchdringenden Blick in ihrem Nacken, als sie ihm mit erhobener Nase den Rücken kehrte.

Sie steckte gerade die beiden Feuersteine in ihre Tasche zurück, als der warme Körper des Hengstes sie streifte und er seine Nüstern zu dem ihren steckte.

»Das bedeutet übrigens auch, dass ich alles gehört habe, was du in dieser Zeit gesagt hast.«

Farah hielt inne, als ein gewaltiger Blutschwall in ihrem Kopf stieg. Sie hob die Nase und versuchte so desinteressiert zu wirken, wie nur irgend möglich.

»Ach? Ist das so?«

Erren fixierte sie mit einem alles sagenden Blick, den Farah in diesem Moment einfach nicht ertragen konnte. Sie griff sich sein Schwert und packte alle Utensilien zusammen, die sie am Lagerplatz verteilt hatte. Es war ihr peinlich, dass sie wegen dieses unglücklichen Fauxpas beinahe das tragische Ende von Romeo und Julia nachempfunden hätte. Obwohl sie nicht erwartete, dass Erren sich beim Fund ihrer Leiche ebenfalls aus Liebesnot geopfert hätte.

»Komm mal mit! Ich möchte dir etwas zeigen«, schnaubte Erren schließlich, als Farah alles zusammengepackt hatte und ging voraus, einen etwas steileren Hügel im Osten hinauf.

Farah zögerte, doch sie folgte ihm und staunte nicht schlecht, als sie oben angelangt war. Vor ihnen lag ein gewaltiges Tal mit endlosen Wäldern. Sie befanden sich an der Grenze von Keldor und zu ihren Hufen erstreckte sich das unerforschte Niemandsland von Skjell.

Farah lief ein kalter Schauer den Rücken hinunter, als sie daran dachte, dass kein Pferd je zuvor einen Huf in diese gefährlichen Lande gesetzt hatte. Und dennoch wurde sie von einer unheimlichen Neugier angetrieben.

Erren blickte erwartungsvoll zu ihr herüber und wartete geduldig auf ihre Reaktion. Farah wandte ihm mit leuchtenden Augen den Kopf zu.

»Es ist wunderschön«, schnaubte sie verträumt und beobachtete, wie Erren mit einem Lächeln den Kopf abwandte.

»Hast du das vorhin ernst gemeint?«

Farah trat vorsichtig einen Schritt näher an ihn heran und legte den Kopf schief.

»Was meinst du?«

»Du weißt ganz genau, was ich meine.«

Die Stute lächelte sanft und lehnte sich ganz leicht an die Flanke des noch immer angeschlagenen Räubers. Erren jedoch machte im selben Moment einen Schritt zur Seite, wodurch Farah beinahe aus dem Gleichgewicht geriet und stolpernd wieder zum Stehen kam.

Einen Moment lang sahen die beiden sich einfach nur tief in die Augen. Farah klopfte das Herz bis zum Hals.

»Ich verstehe, wenn du nicht so fühlst«, schnaubte Farah traurig, »Schließlich war ich es, die dich auf der ganzen Reise mit Fragen gelöchert und auf Vorurteilen geruht hat, die man mir seit meiner Kindheit in den Kopf gesetzt hat. Ich meine-.«

In diesem Moment machte der goldene Hengst einen Schritt nach vorne und presste seine Nüstern an die ihren.

»Du redest ziemlich gerne, was, Farah?«, schmunzelte er leise. Farah schloss die Augen und begann zu zittern, als ihr wummernder Herzschlag sie beinahe um den Verstand brachte.

»Für dich bin ich immer noch Faenja, du alter Schuft«, schnaubte sie verspielt lachend und drückte ihre Stirn an den mächtigen Kopf des goldenen Hengstes.

Als die beiden sich voneinander lösten, glitten ihre Blicke erst zu den unbekannten Wäldern des Ostens und dann zurück zu sich.

»Und? Bist du bereit, unerforschte Gebiete zu erkunden?«, schnaubte Erren sanft.

»Das fragst du mich?«, lachte Faenja mit einem schelmischen

Zwinkern und abenteuerlustig nach vorne gelegten Ohren. »Ich dachte, du würdest mich bereits besser kennen.«

Erren ging ein paar Schritte voraus, bevor er sich nach Faenja umsah, die noch ein letztes Mal auf ihr altes Königreich blickte. Dann folgte sie Erren, dem König der Räuber, in das unbekannte neue Land, das im fahlen Licht der tief stehenden Wintersonne hell strahlend vor ihnen lag.

nde

achwort

Herzlichen Glückwunsch! Du hältst hier eines der ersten, gedruckten Exemplare von *Erren - König der Räuber* in den Händen!

Erren ist ein Charakter, der mir trotz seiner anfänglichen Griesgrämigkeit sehr ans Herz gewachsen ist. Auch Farah gehört mittlerweile zu meinen absoluten Lieblingsheldinnen. Sie ist so stark und so abenteuerlustig. Dabei sagt sie Erren auch das eine oder andere Mal ordentlich die Meinung und zeigt ihm, wo gewisse Grenzen liegen.

Ich wurde bereits einige Male gefragt, woher mir die Ideen für Geschichten, wie diese, kommen. Und das hat mich sehr nachdenklich gemacht, weil ich das gar nicht so genau sagen konnte. Geschichten schwirren manchmal einfach durch meinen Kopf und dann kann ich mich hinsetzen und einfach eine gesamte Story in meinen PC eintippen.

Die Idee für Erren zum Beispiel, kam mir beim Duschen. Ich hatte am Vortag einen coolen Charakter gezeichnet. Einen hübschen Buckskin mit vernarbtem Fell und einem Schwert, das er in einem schwarzen Schwertgurt bei sich trug. Und irgendwie kam mir für ihn der Name Erren in den Sinn. Ich habe mittlerweile herausgefunden, dass es den Namen Erren an sich gar nicht gibt, sondern nur den türkischen Namen Eren, welcher so viel wie großer, starker Held bedeutet. Und diesem Namen macht unser Erren tatsächlich alle Ehre, auch, wenn sein Werdegang nicht besonders heldenhaft gewesen sein mag.

Erren hat übrigens nur Abzeichen und Äpfelungen, damit er nicht so aussieht, wie Spirit. Ursprünglich sollte er nämlich nur ein Buckskin ohne Abzeichen sein. Aber weil einige den fehlenden Aalstrich nicht als relevant ansehen, hätten sicherlich wieder viele gesagt, dass er wie Spirit aussieht. Und das wollte ich tunlichst vermeiden! Und so kam Erren zu seinem Aussehen!

Inspiriert wurde die Geschichte durch Modellpferdeserien, wie *Vengeance Rain* von *foxglory123* und natürlich auch von *RUN as fast as you can* von *Hetja Isola*, die übrigens auch die coole Karte von Skjell am Anfang des Buches illustriert hat! Trotzdem hat die Geschichte von Erren natürlich etwas ganz Eigenes, was sie auszeichnet und zu einer meiner beliebtesten Hörbuchgeschichten gemacht hat.

Erren ist außerdem ein Spin-Off aus dem Skjell-Universum, welches sich an einigen Stellen mit der Geschichte von *Brothers - Blut ist dicker als Wasser*, kreuzt.

Womöglich ist Dir aufgefallen, dass nach dem Hörbuch einige Stellen etwas umgeschrieben wurden, um das Verständnis und den Realismus der Story zu erhöhen.

Ich wünsche Dir ganz viel Spaß mit dem Buch und hoffe, dass Dich die Abenteuer von Erren und Farah noch sehr lange begeistern und in Deinem Bücherregal begleiten werden!

Pfötchen! Deine Sophie :o3

Lust auf noch mehr Abenteuer?
Dann ist hier eine exklusive Leseprobe aus
»A3360 - Opfer der Wissenschaft« für Dich!

A3360 - Opfer der Wissenschaft

A3360 ist ein Experiment, welches vorsieht, durch die Trennung des limbischen Systems und das Verbauen von elektrischen Schaltkreisen im Gehirn ein Pferd zu erschaffen, welches denken kann, wie ein Supercomputer, dabei jedoch keine Reue oder Schuldgefühle entwickeln würde.

Alex ist so ein Pferd. Und als er aus dem Labor ausbricht, geht für den leitenden Wissenschaftler Dr. Clyve Higgins eine Welt unter. Alex jedoch findet Schutz bei der freundlichen Stute, Jess, die ihm hilft, herauszufinden, weshalb das alles mit ihm geschehen musste. Zu dumm nur, dass Clyve und Jess eine gemeinsame Vergangenheit haben und sich nach all den Jahren langsam wieder näher kommen...

»Wie fühlt es sich an, glücklich zu sein?«, fragte Alex vorsichtig, »Deshalb lachen Pferde doch, oder?«

Jess nickte. Sie rückte einen Schritt näher an ihn und berührte seine Brust ganz leicht mit ihrer Hufspitze.

»Wenn du glücklich bist, spürst du es da drin. Es ist ein sanftes Kitzeln, ein Ziehen, ein Pochen. Manchmal bereitet es dir auch ein Kribbeln in deinem Bauch.«

Alex legte den Kopf schief. Er fühlte weder ein Ziehen, noch ein Kribbeln, noch ein Pochen. Das einzige, was er spürte, war Jess Berührung an seiner Brust. Nichts Besonderes.

›Information abgespeichert‹

Jess schien zu verstehen, dass Alex mit ihrer Erklärung nichts anfangen konnte, deshalb formulierte sie es für ihn etwas anders aus.

»Glücklich bist du, wenn du dich wohl fühlst bei dem, was du tust. Wenn du weißt, dass dieser Moment, so wie er ist, genau richtig ist.«

Alex schloss die Augen, schnaufte einmal tief durch und blickte dann auf die Lichter der Stadt, die am Fuße des Hügels im Licht des Sonnenuntergangs hell zu leuchten begonnen hatten.

›Information archiviert‹

Er sah zu Jess, zog die Mundwinkel nach oben und hoffte inständig, dass es für sie wie ein Lachen aussah.

»Dann bin ich jetzt glücklich.«